青少年财智故事汇
CAIZHI GUSHIHUI

韩祥平 编著

开启青少年
智慧的哲学故事

北京出版集团
北京出版社

图书在版编目(CIP)数据

开启青少年智慧的哲学故事/韩祥平编著. — 北京：北京出版社，2014.1

（青少年财智故事汇）

ISBN 978-7-200-10304-5

Ⅰ.①开… Ⅱ.①韩… Ⅲ.①故事—作品集—世界 Ⅳ.①I14

中国版本图书馆 CIP 数据核字(2013)第 282799 号

青少年财智故事汇
开启青少年智慧的哲学故事
KAIQI QING-SHAONIAN ZHIHUI DE ZHEXUE GUSHI

韩祥平　编著

*

北　京　出　版　集　团
北　京　出　版　社　　出版

（北京北三环中路6号）

邮政编码：100120

网　　址：www.bph.com.cn

北 京 出 版 集 团 总 发 行
新　华　书　店　经　销
三河市同力彩印有限公司印刷

*

787 毫米×1092 毫米　16 开本　12 印张　170 千字

2014 年 1 月第 1 版　2023 年 2 月第 4 次印刷

ISBN 978-7-200-10304-5

定价：32.00 元

如有印装质量问题，由本社负责调换

质量监督电话：010-58572393

责任编辑电话：010-58572775

前　言

哲学追求的是一种思辨的智慧，而古希腊人显然对此非常擅长。古希腊哲学是西方哲学的丰碑，它让哲学从一开始就达到了一个以后1000年都难以企及的高度。约公元前800年至前200年之间，古希腊哲学达到一个高度繁荣的阶段，同时期中国正处于诸子百家争鸣，印度正处于《奥义书》形成时代，20世纪的德国哲学家雅斯贝尔斯把人类精神的这一突破时期称为"轴心时代"。希腊哲学的成就很大程度上在于希腊人对哲学存在的本质和方式，对哲学家的地位和作用的认识。在希腊人看来，哲学家是热闹的竞技场中冷静的思考者。

古希腊人非常喜欢运动，竞技场通常是一个城邦中最热闹的地方，在这里各种各样的人群聚集、竞赛、讨论。

在与人谈到人生的时候，古希腊哲学家毕达哥拉斯说："人生有如一场奥林匹亚竞技，在这里，有一种人在参加竞赛，赢得光荣；有一种人在做生意，获取财富；而第三种人只在观看，他们就是哲人。"

运动会中的运动员通过自己的拼搏赢得比赛，得到荣誉，显赫一时；生意人通过自己的买卖得到报酬，心满意足，得意忘形；唯有哲学家始终保持冷静的态度，注视着场上发生的一切。

毕达哥拉斯眼中的哲人也是非常尴尬的。因为，哲学家本身也身处人生的竞技场，而不是像和尚与道士一样隐居。

但是，他们更多的时候像个局外人一样冷静地观察这个世界，而不能全身心地参与到竞争中去。

在毕达哥拉斯看来，哲学是孤独的，哲学家要有关怀世界的情怀，但又不能入世太深。最理想的状态莫过于中国古代士人所推崇的"内圣外王"的模式，也就是说，在心灵上超脱，在现实中进取。当然，要实现这一理想并不那么容易。因为这往往会导致人在现实中的不知所措。从某种意义上说，中国古代士人的尴尬处境和古希腊哲学家有类似之处。与现实保持适当的距离，不仅能避免被物质利益所绑架，也是我们独立思考的基础。

在毕达哥拉斯看来，哲学家作为世界的观察者，需要保持天生的好奇心，即使常人眼中习以为常之事，哲学家都会保持观察和研究的好奇。竞技场上的哲学不是只看热闹，而是在不停地面对现实观察、思考。

也许，我们不能每个人都成为像毕达哥拉斯那样的大哲学家，但如果我们能多一点竞技场上哲人的心态，生活就会变得更惬意一些，同时也更有意义一些。

目　录

第一章　认识自己，揭开生命的谜底 / 1

　　一室六窗，认识自己 / 2
　　认识自己方能认识人生 / 3
　　发现自己，求得新生 / 4

第二章　吾日三省吾身 / 7

　　知人者智，自知者明 / 8
　　反省：清洗心灵尘土 / 9
　　放低姿态始见自身不足 / 10
　　尊严是一个人的脊梁 / 11
　　自视过高需警醒 / 13

第三章　命运只是生命的旁观者 / 15

　　非命，命运在自己手中 / 16
　　命运只是生命的旁观者 / 17
　　选择的困境：你是那头布里丹毛驴吗 / 18
　　顺应天地自然之变化 / 19
　　性格决定命运 / 21
　　扼住命运的咽喉 / 22
　　等待戈多：无望中的希望 / 24
　　向苦难的生活索取教义 / 25

第四章　开启思辨之门，点亮智慧人生 / 27

鸡生蛋还是蛋生鸡 / 28
肯定即否定 / 30
世界上没有完全相同的两片树叶 / 31
反者道之动 / 32
纯粹理性的批判 / 33
人不能两次踏入同一条河流 / 35
维特根斯坦的镜子 / 37

第五章　善与恶的对话 / 39

心中的精灵：良知的呼唤 / 40
致良知：来自直觉的认识 / 41
与人平等，真慈悲 / 42
明善为思诚之本 / 44
乡愿：善也要有棱角 / 45
不背叛就会被淘汰 / 47

第六章　得不喜，失不忧 / 49

得不喜，失不忧 / 50
有轻重便有取舍 / 51
人生倒后推理 / 52
绝对的光明如同完全的黑暗 / 53
莫做刀口舔血的狼 / 54
舍得的真意是珍惜 / 55

第七章　完美在于不求完美 / 57

人是正确的，世界就没错 / 58
优势变隐患 / 59
"愚蠢"，也是一种力量 / 60
懦弱者的立足之地 / 61

第八章　苦难成就天才？天才热爱苦难？/ 65

　　好好活着，在不如意的人生中 / 66
　　泥泞留痕，磨难是炼狱 / 67
　　勇气，百折不挠的心 / 68
　　耐心，如流水磨棱角 / 70
　　推迟满足，放长线钓大鱼 / 71

第九章　持续不满只会得到更多不幸 / 73

　　抱怨等于往自己鞋里倒水 / 74
　　持续不满只会得到更多不幸 / 75
　　直心是道场 / 77
　　只会找借口，终将收获失败 / 78
　　止水澄波，悟道须静 / 79
　　变化中何求永恒 / 81

第十章　享受还是创造：上帝与人，你听谁的 / 83

　　佛陀的人生譬喻：无常 / 84
　　享受还是创造：上帝与人，你听谁的 / 86
　　人生＝旅行：分享温暖生命 / 87
　　奔波中自有大享受 / 89

第十一章　学习是件终生的事情 / 91

　　君子之学必好问 / 92
　　吾将上下而求索 / 93
　　承认无知方获得真知 / 95
　　求知即求真知 / 96
　　屠龙技：学无所用 / 98
　　韦编三绝 / 99
　　人之为学，举一反三 / 101

第十二章　做人低调，做事中庸 / 103

水满则溢，月盈则亏 / 104
能屈能伸，无往不利 / 105
小事糊涂，大事清楚 / 107
做人做事且留余地 / 109
离相忍辱 / 110

第十三章　生活的美好在于与人相处 / 113

己所不欲，勿施于人 / 114
济人需济急时无 / 115
不以一时之荣辱取人 / 116
处世有学问，相下则得益 / 118
明无晦则亡 / 119
成事不说，既往不咎 / 121

第十四章　人生得一知己，足矣 / 123

朋友与奴隶：朋友的价值何在 / 124
规劝朋友，不可则止 / 125
如何帮助朋友 / 126
友情也需要呵护和修补 / 128
朋友，幸福人生的拐杖 / 130
友情，如水亦如酒 / 132
人生得一知己，足矣 / 133

第十五章　善弈者谋局，不善弈者谋子 / 135

智慧是勇气的底色 / 136
等距离外交，夹缝中求生存 / 137
狐假虎威：巧借他人之势 / 139
放眼未来，切勿因小失大 / 141
皮洛斯的胜利：得不偿失 / 142

第十六章　钱，到底有什么魔力 / 145

因小利而忘命，成大事而惜身 / 146
钱，到底有什么魔力 / 147
君子爱财，取之有道 / 149
不义富且贵，于我如浮云 / 151
我役物，而不役于物 / 152

第十七章　要生活得写意 / 155

遇事要豁达 / 156
忙碌的目的是提高生活的质量 / 157
恐惧由心生 / 158
宠辱不惊，从容淡定 / 160
上善若水，厚德载物 / 161

第十八章　快乐藏在我们心里 / 163

快乐藏在我们心里 / 164
从容面对人生，快乐自然盈心 / 165
安定情绪，解脱自己 / 167
过程之中自有快乐 / 168

第十九章　没有人幸福，除非他相信自己是幸福的 / 171

幸福有标准吗 / 172
美就在你身边 / 174
幸福就是换一个角度 / 175
行动远大于思想 / 177
幸福，就在你转身后光临 / 178
假如生活欺骗了你 / 180

第一章

认识自己，揭开生命的谜底

> 世界上最难认清的就是自己。做人最重要的是有"自知之明"，然而"聪明人"很多，他们习惯揣摩别人的心理，于是对别人了如指掌，对自己反倒看不清楚。因而说"知人易，知己难"，"不识庐山真面目，只缘身在此山中"。如果对自己能多一分了解，也会对生命多一分正确的认识。"知人者，智；自知者，明。"

一室六窗，认识自己

仰山禅师有一次请示洪恩禅师道：

"为什么吾人不能很快地认识自己？"

洪恩禅师回答道："我给你说个譬喻，如一室有六窗，室内有一猕猴，蹦跳不停，另有5只猕猴从东西南北窗边追逐猩猩。猩猩回应，如是六窗，俱唤俱应。6只猕猴，6只猩猩，实在不容易很快认出哪一个是自己。"

仰山禅师听后，知道洪恩禅师是说吾人内在的六识（眼、耳、鼻、舌、身、意）和追逐外境的六尘（色、声、香、味、触、法），鼓噪繁动，彼此纠缠不息，如空中金星浮游不停，如此怎能很快认识哪一个是真的自己？因此便起而礼谢道：

"禅师以譬喻开示，无不了知，但如果内在的猕猴睡觉，外境的猩猩欲与它相见，且又如何？"

洪恩禅师便下绳床，拉着仰山禅师，手舞足蹈地说：

"好比在田地里，防止鸟雀偷吃禾苗的果实，竖一个稻草假人，所谓'犹如木人看花鸟，何妨万物假围绕'？"

仰山禅师终于顿悟。

智慧感悟

佛法要求人能把握自己的心，别让自己的心那么散乱，人心一旦散乱了，活着就会觉得辛苦。

人们想要净心的时候，往往习惯于用理性去控制。但这样做的结果可能适得其反，告诉自己"不能动心，不能动心"的时候，心已经正在动了；提示自己"心不能随境转"的时候，心已经转了。真正的净心不是特意去控制它,也不是刻意去把握它。什么时候都知道自己的心,心自然而然就不动了。心不动了,人就不会为外界的诱惑所动,从而净化自身。

心不动才能真正认清自己,遇到顺境不动,遇到逆境也不动,不受任何外在的影响。现代人的状况大多相反,遇到顺境的时候高兴得不得了;遇到逆境的时候痛苦得不得了,这就带来许多痛苦。

认识自己方能认识人生

一位老师常常教导他的学生说:"人贵有自知之明,做人就要做一个自知的人。唯有自知,方能知人。"有个学生在课堂上提问道:"请问老师,您是否知道您自己呢?"

"是呀,我是否知道我自己呢?"老师想,"嗯,我回去后一定要好好观察、思考、了解一下我自己的个性、我自己的心灵。"

回到家里,老师拿来一面镜子,仔细观察自己的容貌、表情,然后再来分析自己的个性。首先,他看到了自己亮闪闪的秃顶。"嗯,不错,莎士比亚就有个亮闪闪的秃顶。"他想。

他看到了自己的鹰钩鼻。"嗯,英国大侦探福尔摩斯——世界级的聪明大师就有一个漂亮的鹰钩鼻。"他想。他看到自己的大长脸。"嗨!伟大的林肯总统就有一张大长脸。"他想。

他发现自己个子矮小。"哈哈!拿破仑个子矮小,我也同样矮小。"他想。他发现自己具有一双大蹩脚。"呀,卓别林就有一双大蹩脚!"他想。于是,他终于有了"自知"之明。"古今中外名人、伟人、聪明人的特点集于我一身,我是一个不同于一般的人,我将前途无量。"

智慧感悟

生活中这样的人不少。法国著名散文家、思想家蒙田在《论自命不凡》的随笔中写道："对荣誉的另一种追求，是我们对自己的长处评价过高。"这是我们对自己怀有的本能的爱，这种爱使我们不能认清自己。认识自己，并不是一件简单的事，它要求我们必须从性格、爱好等各方面全面分析自己。只有正确地认识自己，才能保持本色，找到适合自己的位置。认识自己，并且按自己的意图去办事，才能具有无穷的魅力。

有很多人认为，认识自我就是认识自己的缺点。认识自己的缺点是好的，可以加以改进。但如果仅认识自己的消极面而不能自拔，就会陷入混乱，使自己变得自卑。在认识自己的同时还要看到自己的优点。所谓的优点是任何你能运用的才干、能力、技艺与人格特质。用积极的心态看待自己的过去、现在，发现那些优良的特质，利用这些优良的特质成就人生。

发现自己，求得新生

一天，一个农民的驴子掉进了枯井里。那可怜的驴子在井里凄惨地叫了好几个钟头，农民在井口急得团团转，就是没办法把它救出来。最后，他断然认定：驴子已经老了，这口枯井也该填起来了，不值得花太大的精力去救驴子。

农民把所有的邻居都请来帮忙填井。大家抓起铁锹，开始往井里填土。驴子很快就意识到发生了什么事，起初，它只是在井里恐慌地大声哀鸣。不一会儿，令大家不解的是，它居然安静了下来。几锹土过后，农民终于忍不住朝井下看，眼前的情景让他惊呆了。每一铲砸到驴子背上的土，它都做了出人意料的处理：迅速地把土抖落下来，然后狠狠地用脚踩紧。就这样，没过多久，驴子竟把自己升到了井口。它纵身跳了上来，快步跑开了。在场的每一个人都惊诧不已。

智慧感悟

在现实世界，有很多人因为各种各样的原因，像这头驴子一样，在一口注定要给他带来苦难的井里挣扎，有的人被埋葬了。实际上，没有必要抱怨，把生活中压向你的每一铲土，踩在脚底，照样可以求得新生，走向人生巅峰，而不是在那里等待死亡。

生命的战场不是没有同盟，只是这些盟友只能做我们精神上的"啦啦队"，给你加油，让你自信，而一切赛程却还要靠你自己的力量去完成，不能完全依赖别人。许多从艰苦的环境中奋斗出来的人，他们并不比我们拥有更多的天赋，而他们之所以能取得成功，完全是因为他们能够发现自己的价值。即使我们最终没能到达彼岸，但只要用自己的力量征服痛苦，也能体会到一种快乐。

第二章

吾日三省吾身

> 自省,就是自我反省,自我检查,以能"自知己短",从而弥补短处,纠正过失。"金无足赤,人无完人",反省自己是十分必要的。有位哲学家在晚年的时候刺瞎了自己的双眼,别人都不理解他的举动。他说,我只是为了更好地看清自己。宋代的朱熹也说:"日省其身,有则改之,无则加勉。"其意皆在反省。
>
> 有人怀疑反省自己的作用,认为反省了半天也不见得能改变什么。其实,经过它的荡涤,就能让俗世纷纷扰扰的尘埃从我们心中流走。

知人者智，自知者明

5根手指闲来无事，无意中提及谁最优秀这个话题，发生了激烈的争执。大拇指扬扬得意地说："在咱们5个当中我是最棒的，我最粗最壮，人们赞美谁、夸奖谁时，都会把我竖起来……"

闻听此言，食指不服气了，站出来说："咱们5个当中，我才是最厉害的，别人哪里出现错误，人都会用我把错误指出来……"

中指拍拍胸脯不可一世地说："看你们一个个矮的矮、小的小，哪有一个像样的，我才是真正顶天立地的英雄……"

无名指更是心有不甘："你们算什么，人们最信任的是我，当一对情侣喜结良缘的时候，那颗代表着真爱的结婚戒指带在谁身上啊？"

小指发言虽然最不起眼，可气势却不低，它说："谁最重要，不能只看这些小事，当每个人虔心拜佛、祈祷的时候，我是站在最前面的，所以最重要的是我！"

这时，手的主人说话了："你们对我来说同样重要，谁也不比谁强，谁也不比谁差。"

智慧感悟

人们心中总觉得自己比身边的人强。其实，没有谁不如自己，虽然你在许多方面有过人之处，但总有一个方面要逊色于人。金无足赤，人无完人，每个人都有自己的优势和劣势。所以，人贵在于自知。正所谓，知人者智，自知者明。知道自己的不足在哪，才是智者的行为。

那么如何自知呢？可从观水自照得之。一个人如要效法自然之道的无私善行，便要做到如水一样，保持至柔之中的至刚、至净、能容、能大的胸襟和气度。一水犹如一面古镜，观照人生的不同趋向，何时何地应当何去何从，某时某刻应当如何运用宝鉴以自照、自知、自处。这样即使看似一无所长，一样能找到与自己相契的人生途径走出自己精彩的人生。

反省：清洗心灵尘土

一位老人和他的小孙子住在肯塔基西部的农场。每天早上，老人都坐在厨房的桌边读《圣经》。

一天，他的孙子问道："爷爷，我试着像您一样读《圣经》，但是我不懂得《圣经》里面的意思。我好不容易理解了一点儿，可是我一合上书便又立刻忘记了。这样读《圣经》能有什么收获呢？"老人安静地将一些煤投入火炉。然后说道："用这个装煤的篮子去河里打一篮子水回来。"

孩子照做了，可是篮子里的水在他回来之前就已经漏完了。孩子一脸不解地望着爷爷。老人看看他手里的空篮子，微笑着说："你应该跑快一点儿。"说完让孩子再试一次。

这一次，孩子加快了速度。但是篮子里的水依然在他回来之前就漏光了。他对爷爷说道："用篮子打水是不可能的。"说完，他去房间里拿了一个水桶。老人说："我不是需要一桶水，而是需要一篮子水。你能行的，你只是没有尽全力。"接着，他来到屋外，看着孩子再试一次。

现在，孩子已经知道用篮子盛水是行不通的。尽管他跑得飞快，但是，当他跑到老人面前的时候，篮子里的水还是漏光了。孩子喘着气说："爷爷，您看，这根本没用。"

"你真的认为这一点儿用处都没有吗？"老人笑着说，"你看看这篮子。"孩子看了看篮子，发现它与先前相比的确有了变化。篮子十分干净，已经没有煤灰沾在篮子上面了。"孩子，这和你读《圣经》一样，你可能什么也没记住，但是，在你读《圣经》的时候，它依然在影响着你，净化着你的心灵。"

智慧感悟

每一个人都应该有一本心灵的《圣经》，即使我们未曾记住一句话、一个字，却依然会受益终生。因为，它会让我们的心灵如泉水般清澈、纯净，这就是反省的作用。

留一只眼睛看自己，你才能看清人的本心，从而看清别人。因为你所思正是别人所思，你所欲正是别人所欲，你所苦正是别人所苦，这样推己及人。人只有既看清了自己，又看清了别人，才能明白人生在世，应当有所为有所不为，从而获得内心的自在和宁静。

人生最大的敌人是自己。那些认真审视自己，时刻反省自己的人，才能真正觉悟。

反省就是一个辛勤的园丁，它能够拔除心灵中的荒草，让心灵的花园百花绽放，满溢芳香。

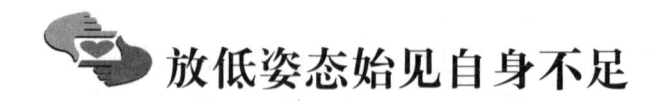

放低姿态始见自身不足

有一只狐狸喜欢自夸自大，它以为森林中自己最大。傍晚，它单独出去散步，走路的时候看见一个映在地上的巨大影子，觉得很奇怪，因为它从来没有看过那么大的影子。后来知道是它自己的影子，就非常高兴。它平常就以为自己伟大，有优越感，只是一直找不到证据可以证明。为了证实那影子确实是自己的，它就摇摇头，那个影子的头部也跟着摇动，这证明影子是自己的没有错。它就很高兴地跳舞，那影子也跟着它舞动。它继续跳，正得意忘形时，来了一只老虎。狐狸看到老虎也不怕，就拿自己的影子与老虎比较，结果发现自己的影子比老虎大，就不理它继续跳舞。老虎趁着狐狸跳得得意忘形的时候扑过去，把它咬死了。

饿昏头的人有时真的会在本来空无一物的地上看见食物。由于尊严匮乏造成幻象，也常使人错生"优越感情结"的海市蜃楼，从这种错误的心理出发，表现出自以为是、我比你行、刚愎自用的傲慢态度。幻象总是比较显著地出现在一个人生命中最自卑的地方，以便身体的平衡系统帮他从自卑的郁结中解放出来。

智慧感悟

高傲并不是自尊或自信，而是过度的自我意识使然。有一位哲学家说："一个人若种植信心，他会收获品德。"一个人若种下骄傲的种子，他必收获众叛亲离的果子，甚至带来不可预知的危险，就像那只自夸自大、自我膨胀的狐狸一样。

高傲也是脆弱的表现，并且很不幸的，它是自卑的一种常见变相。高傲的人喜欢摆架子，抬高自己，装腔作势。人因自谦而成长，因自满而堕落。成功固然值得自豪，然而自傲就是自暴，自满就是自弃。老子在《道德经》中说："万物作焉而不为始，生而不有，为而不恃，功成而弗居。"又说："功成名遂，身退，天之道。"如果成功之后，只知自我陶醉，而迷失于成果之中停滞不前，那就是为自己的成就画上了句号。

尊严是一个人的脊梁

一只骨瘦如柴的狼，因为狗总是跟它过不去，好久没有找到一口吃的了。

这天遇到了一只高大威猛但正巧迷了路的狗，狼真恨不得扑上去把它撕成碎片，但又寻思自己不是对手。于是狼满脸堆笑，向狗讨教生活之道，话中充满了恭维，诸如"仁兄保养得好，显得年轻，真令人羡慕"云云。

狗神气地说："师傅领进门，修行靠个人，你要想过我这样的生活，就必须离开森林。你瞧瞧你那些同伴，都像你一样脏兮兮、饿死鬼一样，生活没有一点保障，为了一口吃的都要与别人拼命。学我吧，包你不愁吃和喝。"

"那我可以做些什么呢？"狼疑惑地眨巴着眼问。

"你什么都不用做，只要摇尾乞怜，讨好主人，把讨吃要饭的人追咬得远远的，你就可以享用美味的残羹剩饭，还能够得到主人的许多额外奖赏。"

狼沉浸在这种幸福的体会中，不觉眼圈都有些湿润了，于是它跟着狗兴冲冲地上了路。

路上，它发现狗脖子上有一圈皮上没有毛，就纳闷地问：
"这是怎么弄的？"
"没有什么！"
"真的没有什么？"
狗搪塞地说："小事一桩。"
狼停下脚步："到底是怎么回事？你给我说说。"
"很可能是拴我的皮圈把脖子上的毛磨掉了。"
"怎么？难道你是被主人拴着生活的，没有一点自由了吗？"狼惊讶地问。
"只要生活好，拴不拴又有什么关系呢？"
"这还没有关系？不自由，不如死。吃你这种饭，顿顿让我吃羊肉我也不干。"

说罢这话，饿狼扭头便跑了。

智慧感悟

自尊自爱是一个独立自主的人所必备的品格。人，活要活得有尊严，死要死得有尊严。正如智利作家尼岗美德斯·古斯曼所言："尊严是人类灵魂中不可糟蹋的东西。"

在鲁迅先生揭示的中国人的国民性中，就有一种是奴性，那些见了主子就哈腰，做了主子就张狂的人，充其量只是一些像故事中的那只狗一样没有尊严的可怜的爬行动物罢了，怎能称得上一个大写的人呢？

自视过高需警醒

有一天，苏格拉底的弟子们聚在一块聊天，一位出身富有的学生，当着所有同学的面，夸耀他家在雅典附近拥有一片广阔的田地。

当他在吹嘘的时候，一直在旁边不动声色的苏格拉底，拿出一张地图说："麻烦你指给我看，亚细亚在哪里？"

"这一大片全是。"学生指着地图扬扬得意地说。

"很好！那么，希腊在哪里？"苏格拉底又问。

学生好不容易在地图上找出一小块来，但和亚细亚相比，实在是太微小了。

"雅典在哪儿？"苏格拉底又问。

"雅典，这就更小了，好像是在这儿。"学生指着一个小点说道。

最后，苏格拉底看着他说："现在，请你指给我看，你那块广阔的田地在哪里呢？"

学生满头大汗地找不到，他的田地在地图上连一丝影子也没有。他很尴尬地回答道："对不起，老师，我错了！"

智慧感悟

我们所拥有的一切，和伟大的宇宙相比，实在是微不足道。当我们能以一颗谦卑的心面对一切时，那才是一种真正高尚的情操。

一个人不管自己有多丰富的知识，取得多大的成绩，推而广之，或是有了何等显赫的地位，都要谦虚谨慎，不能自视过高。应心胸宽广，博采众长，不断地丰富自己的知识，增强自己的本领，进而获取更大的业绩。如能这样，则于己、于人、于社会都有益处。谦虚永远是成大事者所具备的一种品质，而只有弱者才会为自己一时的成功自鸣得意。

第三章

命运只是生命的旁观者

> 人们在遭遇到不幸和挫折时,往往会把这一切认为是命运的捉弄,既然命中注定自己要承受这样的痛苦,与其挣扎着改变不如顺应天命,默默承受。但墨子告诉我们,没有冥冥之中的"命",即使有,命运也是掌握在我们自己手中的。在漫长的人生旅途中,我们总会碰到暗无天日的境遇,我们不能控制逆境的出现与否,但是我们能够和它抗争。只要你有勇气,你永远是自己人生的主人。

非命，命运在自己手中

一天，上帝降临到尘世。他看到一位聪明的老人正在思考人生。上帝便走上前说："我也为人生感到困惑，我们能一起探讨探讨吗？"

老人并未认出上帝，点点头说："我越是研究，就越是觉得人类是一种奇怪的动物。他们有时候非常善用理智，有时候却非常的不明智，而且往往在大的方面迷失了理智。"

上帝叹了一口气说："是啊。他们厌倦童年的美好时光，急着成熟，但长大了，又渴望返老还童；他们健康的时候，不知道珍惜健康，往往牺牲健康来换取财富，然后又牺牲财富来换取健康；他们对未来充满焦虑，却往往忽略现在，结果既没有生活在现在，又没有生活在未来之中；他们活着的时候好像永远不会死去，但死去以后又好像从没活过，还说人生如梦……"

老人感到对方的话十分中肯，就说："研究人生的问题，很是耗费时间的。您怎么利用时间呢？"

"是吗？我的时间是永恒的。对了，我觉得人一旦对时间有了真正透彻的理解，也就真正弄懂人生了。因为时间包含着机遇，包含着规律，包含着人间的一切，比如新生的生命、没落的尘埃、经验和智慧，等等，人生至关重要的东西。"

老人聆听上帝的回答后，请上帝对人生提出自己的忠告。

上帝拿出一本厚厚的书，里面却只有这么几行字：

人啊！你应该知道，你不可能取悦于所有的人；最重要的不是去拥有什么东西，而是去做什么样的人和拥有什么样的朋友；富有并不在于拥有最多，而在于贪欲最少；在所爱的人身上造成深度创伤只要几秒钟，但是治疗它要很长很长的时光；有人会深深地爱着你，但却不知道如何表达；金钱唯一不能买到的，却是最宝贵的，那便是幸福；宽恕别人和得到别人的宽恕还是不够的，你也应当宽恕自己；你所爱的，往往是一朵玫瑰，并不是非要极力地把它的刺根除掉，你能做得最好的，就是不要被它的刺刺伤，自己也不要伤害到心爱的人；尤其重要的是：很多事情错过了就没有了，错过了就是会变的。

老人读完，激动万分："只有上帝，才能……"抬头时，上帝已经不见了。

智慧感悟

懂得了人生、幸福的真谛，我们每个人都是自己的上帝，一切的悲喜哭笑皆掌握在自己的手中。

对每个生命而言，最最重要的是：只有自己才是自己的上帝。

命运只是生命的旁观者

一个母亲带着两个孩子在一个山区开了家小旅馆，但是生意并不如意。儿子十五六岁时，就离家出走，到外面闯荡。经过几年的奋斗，他赚了不少钱，也结了婚，但是他常觉得不快乐。因为他时常挂念在山中过苦日子的家人，希望能让他们过上好日子。于是，他带上妻子回去探望母亲和妹妹。

在回家的路上，他忽然想到《圣经》中有关浪子回头的故事，心里想："我比浪子好多了，浪子是挥霍家产，我可是赚钱回来给妈妈！那么我应该会受到更好的待遇才对。"想到这里，他希望给母亲一个惊喜。他让妻子住在另一家旅馆，而自己一个人回家。虽然他不断给母亲和妹妹暗示，但是母亲和妹妹并没有认出他，对他很冷漠。

当妹妹问哥哥："听说外面的世界很美丽，是吗？"哥哥兴高采烈地为妹妹描述外面的世界。然而他没有想到的是，在他出去闯荡的时候，妹妹与母亲为了谋生，开始通过迷药谋杀单身有钱的客人，抢夺他们的钱财。他描述得越生动，越注定了他非死不可的命运。

儿子看到母亲和妹妹都记不起自己，很失望，喝了妹妹倒的茶后就上床睡觉了。半夜时母女两人把他抬到水坝丢下去，旅馆的老仆人捡到了掉在地上的身份证。母亲知道自己竟然杀死了自己的儿子，于是决定上吊自杀。

虽然女儿阻止，但是母亲认为自己连儿子都认不出来，没有资格做母亲了。女儿说："可是你还有一个女儿啊！"母亲却说："妈妈对儿子的爱与对女儿的爱是不同的。"于是自杀了。

女儿听到妈妈的话很生气，这时，她未曾谋面的嫂子跑来找哥哥。妹妹把所有的一切告诉嫂子之后也自杀了，旅馆里只剩下嫂子一个人痛哭。

老仆人出来问："怎么这么吵？"

这个孤独无助的女人对老仆人说："救救我吧！请你帮助我吧！"

老仆人说："不！"

故事就此结束。加缪说，老仆人就是命运，命运在旁边冷漠地注视着这一切。当你向它求助，希望它能够帮助你的时候，它给你的却是冰冷的答案："不。"为什么会这样呢？因为在加缪看来，痛苦是孤立的，没有任何人可以帮助任何人。人不要指望命运。

智慧感悟

每个人的背后都有一双命运之手在操控，如果你陷入困境之时，向命运求救，命运将如何回答你呢？加缪在《误会》中，似乎给出了无奈的答案。

选择的困境：你是那头布里丹毛驴吗

哲学家布里丹养了一头小毛驴，他每天要向附近的农民买一堆草料来喂。

这天，送草的农民出于对哲学家的敬仰，额外多送了一堆草料放在旁边。这下子，毛驴站在两堆数量、质量和与它的距离完全相等的干草之间，可为难坏了。它虽然享有充分的选择自由，但由于两堆干草价值相等，客观上无法分辨优劣，于是它左看看、右瞅瞅，始终无法分清究竟选择哪一堆好。

于是，这头可怜的毛驴就这样站在原地，一会儿考虑数量，一会儿考虑质量，一会儿分析颜色，一会儿分析新鲜度，犹犹豫豫，来来回回，在无所适从中活活地饿死了。

那头毛驴最终之所以饿死，导致它最后悲剧的原因就在于它左右都不想放弃，从而将自己置于选择的困境，最终饿死。

智慧感悟

选择的过程就是放弃的过程，选择一种可能性，等同于放弃了其他的可能性。这一逻辑带来了一种巨大的困境：选择越多，失去越多，后悔越多，痛苦越多，就像泰伦斯所描绘的"我周围都是洞，到处都止不住地在流失"。

在我们每一个人的生活中也经常面临着种种抉择，如何选择对人生的成败得失关系极大，因而人们都希望得到最佳的抉择，常常在抉择之前反复权衡利弊，再三仔细斟酌，甚至犹豫不决、举棋不定。但是，在很多情况下，机会稍纵即逝，并没有留下足够的时间让我们去反复思考。如果我们犹豫不决，就会两手空空，一无所获。

顺应天地自然之变化

《庄子·大宗师》中记载了这样一则故事：

子祀、子舆、子犁、子来4个人在一起谈话，说："谁能够把无当作头,把生当作脊柱,把死当作尻尾,谁能够通晓生死存亡浑然一体的道理,我们就可以跟他交朋友。"4个人都会心地相视而笑,心心相契却不说话,于是相互交往成为朋友。

不久子舆生了病,子祀前去探望他。子舆说:"伟大啊,造物者!把我变成如此曲屈不伸的样子!腰弯背驼,五脏穴口朝上,下巴隐藏在肚脐之下,肩部高过头顶,弯曲的颈椎形如赘瘤朝天隆起。"阴阳二气不和酿成如此灾害,可是子舆的心里却十分闲逸,好像没有生病似的,蹒跚地来到井边对着井水照看自己,说:"哎呀,造物者竟把我变成如此曲屈不伸!"

子祀说:"你讨厌这曲屈不伸的样子吗?"子舆回答:"没有,我怎么会讨厌这副样子!假使造物者逐渐把我的左臂变成公鸡,我便用它来报晓;假使造物者逐渐把我的右臂变成弹弓,我便用它来打斑鸠烤熟了吃;假使造物者把我的臀部变化成为车轮,把我的精神变化成骏马,我就用来乘坐,难道还要更换别的车马吗?至于生命的获得,是因为适时,生命的丧失,是因为顺应;安于适时而处之顺应,悲哀和欢乐都不会侵入心房。这就是古人所说的解脱了倒悬之苦。然而不能自我解脱的原因,则是受到了外物的束缚。况且事物的变化不能超越自然的力量已经很久很久,我又怎么能厌恶自己现在的变化呢?"

不久子来也生了病,气息急促将要死去,他的妻子、儿女围在床前哭泣。子犁前往探望,说:"嘿,走开!不要惊扰他由生而死的变化!"子犁靠着门跟子来说话:"伟大啊,造物者!又将把你变成什么?把你送到何方?把你变化成老鼠的肝脏吗?把你变化成虫蚁的臂膀吗?"

子来说:"父母对于子女,无论东西南北,他们都只能听从吩咐调遣。自然的变化对于人,则不啻于父母,它使我靠拢死亡而我却不听从,那么我就太蛮横了,而它有什么过错呢!大地把我的形体托载,用生存来劳苦我,用衰老来闲适我,用死亡来安息我。所以把我的存在看作是好事,也因此可以把我的死亡看作是好事。现在如果有一个高超的冶炼工匠铸造金属器皿,金属熔解后跃起说'我必须成为良剑莫邪',冶炼工匠必定认为这是不吉祥的金属。如今人一旦承受了人的外形,便说'成人了,成人了',造物者一定会认为这是不吉祥的人。

如今把整个浑一的天地当作大熔炉,把造物者当作高超的冶炼工匠,用什么方法来驱遣我而不可以呢?"于是安闲熟睡似的离开人世,又好像惊喜地醒过来而回到人间。

智慧感悟

当不可与命运相抗争的时候,何不顺应命运的造化,顺势而为呢?春暖时节,花开正艳,生命的灿烂一览无余,但花开之后就有凋谢的那一天,就像生命必有终结之时一样。可是生命的灿烂平息之时,生命并不会停止,就像庄子所说的那样,"指穷于为薪,火传也,不知其尽也",生命会继续生生不息地存在下去。

性格决定命运

明朝罗祯的《俞净意公遇灶神记》说了这样一个故事:

明朝嘉靖年间,江西有位俞都,字良臣。他少年时就博学多才,18岁中了秀才。但是到了壮年时,灾祸接踵而至,前后考试7次,都名落孙山。5个儿子,4个因病夭折,还有一个在8岁时走丢了,4个女儿也只剩下一个。妻子因伤心难过而哭瞎了双眼。

俞公几十年来一直不得志,家境越来越困难,前途渺茫,很是凄惨,经过这么多挫折,俞公青年时对人生美好的憧憬完全破灭了。他自己反省:我是个读书人,有聪明才智,又一直行善积德,并没有多大的过失,为何老天如此不公平,给我这样严厉的惩罚,天理何在?

有一年腊月三十的晚上,一位姓张的修道者来到他家,俞公就向来客倾诉了满腹的牢骚。张道士一一指出俞公的不良心性或行为。俞公作为老师,在教学及与人交谈中,有轻视、鄙视别人的念头,冒犯了天地鬼神;虽然定期放生,却经常烹饪鲜活的动物;不恭敬圣贤书,经常把书纸糊在窗户上；面对漂亮的女子，虽举止未出轨，却心生邪念……听到这些，俞公一惊，赶紧请张道士帮忙。张道士告诉他，要改造命运，先从内心开始，从内心去除邪念，戒除坏毛病、不良习气，唯有如此，才能完全改造命运。

此后，俞公改名为"净意"，净心而保持一颗清纯之心。最终，改变了命运，不仅考上了进士，而且找到了失散多年的儿子，妻子的双眼也复明了。

智慧感悟

周国平认为，"赫拉克利特的这一名言也常被翻译成'一个人的性格就是他的守护神。'的确，一个人一旦认清了自己的天性，知道自己究竟是什么人，他也就知道自己究竟要什么了，如同有神守护一样，不会在喧闹的人世间迷失方向。""可知赫拉克利特的名言的真正含义是：一个人应该认清自己的天性，过最适合于他的天性的生活，而对他而言这就是最好的生活。"

如果不从自己的内心开始改变，让性格从根本上得以改变，那么无论做出何等努力，都不会从根本上解决问题。一切外在的改变都是徒劳。所谓贵贱祸福，都是由自己的心性及行为所播种的因而结出的果。

扼住命运的咽喉

经过多年的勤学苦练，青年贝多芬逐渐成长为一名优秀的音乐家，创作了数以百计的音乐作品。但从1816年起，贝多芬的健康状况越来越差，后来耳病复发，不久就失聪了。作为一个音乐家，失去了听觉，就意味着将要离开自己喜爱的音乐艺术，这个打击简直比被判了死刑还要痛苦。

他又开始了与命运的抗争。除了作曲外，他还想担任乐队指挥。

结果在第一次预演时弄得大乱，他指挥的演奏比台上歌手的演唱慢了许多，使得乐队无所适从，混乱不堪。当别人写给他"不要再指挥下去了"的纸条时，贝多芬顿时脸色发白，慌忙跑回家，痛苦得一言不发。

在困厄中，贝多芬没有自暴自弃，他以极大的毅力克服耳聋带给他的困难。耳朵听不到，他就拿一根木棍，一头咬在嘴里，一头插在钢琴的共鸣箱里，用这种办法来感受声音。这样，他不仅创作出了比过去更多的音乐作品，还能登台担任指挥了。

1824年的一天，贝多芬又去指挥他的《第九交响乐》，博得全场一致喝彩，一共响起了五次热烈的掌声。然而，他却丝毫没有听到，直到一个女歌唱家把他拉到前台时，他才看见全场纷纷起立，有的挥舞着帽子，有的热烈鼓掌，这种狂热的场面，让贝多芬激动不已。

1827年3月26日，贝多芬在维也纳病逝。他一生创作了9部交响乐，其中尤以《英雄交响乐》《命运交响乐》《田园交响乐》《合唱交响乐》最为著名，此外还有32首钢琴奏鸣曲，以及大量的钢琴协奏曲、小提琴协奏曲等。他一生为音乐的繁荣发展作出了巨大贡献。

贝多芬以一生的波澜壮阔，传达着这样一句撼天动地的宣言："我将扼住命运的咽喉，它绝不能使我屈服！"

智慧感悟

当你不去掌控命运的时候，就会被命运所掌控。那么，在这个世界上，你就只能成为一个玩偶，受命运摆布的玩偶。换句话说，在你把自己交给命运的那一刻起，你已经没有了灵魂，在这个世界上存在的只是你的肉体，一具行尸走肉而已。

等待戈多：无望中的希望

剧中主人公是两个流浪汉戈戈和狄狄，他们出现在一条空荡荡的村路上，只有一棵光秃秃的树做背景。他们自称要等待戈多，可是他们却不清楚戈多是谁，他们相约何时见面，但他们仍然苦苦地等待着。他俩在等待中闲聊，始终不见戈多出现，却来了主仆二人，波卓和幸运儿。幸运儿拿着行李，被主人用绳子牵着，唯命是从。流浪汉终于等来了一个戈多的使者，使者告诉两个可怜的流浪汉："戈多今晚不来了，但明天晚上准来。"

同一时间，同一地点，狄狄和戈戈仍然在等待戈多。为了打发烦躁与寂寞，他们继续说些无聊的话，做些荒唐可笑的动作。这时候，波卓和幸运儿又出现了，只是波卓的眼睛瞎了，幸运儿成了哑巴。最后又等来了那个使者，他告诉狄狄和戈戈，今天戈多不会来了，但他明天准来……

他们既不知道戈多是谁，也不知道戈多什么时候来，只是一味地苦苦等待。狄狄说："咱们不再孤独啦，等待着夜，等待戈多，等待着，等待着。"天黑了，戈多不来，说明天准来，第二天又没来。第二幕中，一夜之间，枯树长出来了四五片叶子，戈戈和狄狄的穿着更破烂，生存状况更糟糕，波卓成了瞎子，幸运儿成了哑巴。剧中的两天等待情景，是漫长人生岁月的象征。真是"戈多迟迟不来，苦死了等他的人"。

"戈多"迟迟不肯露面，两个流浪汉却宁愿坚定地等待着。戈多似乎会来，又老是不来。戈戈和狄狄的生活环境是恶劣的，没有什么生存条件。他们想活连骨头也吃不到，想死连绳子也没有。但他们依然执着地希望着、憧憬着。无论戈多会不会来，也不管希望会不会成真，戈多是他们生存下去的唯一的精神寄托。他们的等待，既有希望，又充满了对未知的恐惧。

有人说流浪汉等待的是上帝，有人说戈多根本不存在，甚至有人说戈多象征着人类的"死亡"。当有人问作者贝克特的时候，他苦笑着说："我要是知道，早在戏里说出来了。"然而，这一回答正好启示我们，人对一切都是无知的，不论是生活的这个世界还是自己的命运。戈多是希望，戈多是不幸的人对于未来生活的呼唤和向往，戈多是人们对于明天的希望。

智慧感悟

无论"戈多"是否会来，生活中的人们依然相信，总有一天他会出现。毕竟他是人类生存下去的勇气。没有了"戈多"，等待就意味着幻灭。尽管如此，人类还是应该"明知不可为而为之"。在无尽的等待之中，人类生生不息。

向苦难的生活索取教义

一位学者应邀到一个美国军事基地演讲，美方派了一名士兵到机场迎接他。

这位士兵非常有礼貌，一见到学者就立刻上前敬礼致意，并陪他一起去取行李。刚走了几步，士兵突然加快了脚步，学者看着他紧赶几步替前面一位老人拎起了箱子；士兵把老人送上出租车才回到学者身边，但不一会儿他又离开了——他从一位被人群挤得站不稳的母亲怀里接过了她的孩子；后来，士兵又为了帮一位外国人指路走开了。

这一小段路上，士兵离开了学者三次，每次归来时，他都笑得非常开心。学者问他："你是从哪里学到要这样去做的呢？"

"战场。"士兵回答，"我亲眼看着自己的战友一个个倒下，我不知道下一个死去的会不会是我。每次抬脚和落脚之间，我都可能会失去生命，所以那时候我开始懂了，每一步都是整个人生。"

学者问："当时你的任务是？"

"排雷。"

能够在血腥的战场上获得生命的启示，在命不保夕的境遇里思索存在的意义，这是多么难得！充分利用抬脚与落脚间的间隙，把迈出的每一步都当成整个人生，这是士兵从残酷的战争中获得的经验，也是使他的人生增值的砝码。面对苦难，这位士兵的内心之强大，真是令人不由得心生敬意。

智慧感悟

所谓时势造英雄，苦难的环境的确成就了很多伟人，比如发于畎亩之中的舜，举于版筑之中的傅说，出身鱼盐之中的胶鬲，各自举于士、海、市的管夷、孙叔敖、百里奚。但是，挫折同样会毁灭弱者。初涉社会的年轻人往往带着些年少的轻狂，认为自己所向披靡、无所不能，但心高气傲与心灰意冷之间往往只有一线之隔，一个小小的挫折就可能像兜头的冰水一样浇熄他们的热情。

从沙砾化身珍珠的过程不难得出结论，苦涩是有价值的，它像一个三棱镜，把单调的人生折射出缤纷的色彩。

第四章

开启思辨之门,点亮智慧人生

> 尼采是人类史上最具"思辨力"的哲学家之一,但他非常反感别人"阅读"他的著作。他曾说过:"我的书是用来背诵的,不是阅读的;阅读只会毁了我的思想。"——不是吗?

鸡生蛋还是蛋生鸡

据报道，对于"鸡生蛋还是蛋生鸡"这个问题，英国谢菲尔德大学和沃里克大学的科学家日前给出了确切答案："先有鸡。"一组研究人员发现鸡蛋壳的形成需要依赖于一种称为 OC-17 的蛋白质，而这种蛋白质只能在母鸡的卵巢中产生。研究人员因此得出结论，只有先有了鸡，才能够有第一个蛋的产生。

谢菲尔德大学工程材料系的弗里曼博士说："之前人们怀疑是先有的蛋，但是现在根据科学证据显示，实际上是先有的鸡。这种蛋白质已经被确认，它与蛋的形成密不可分，并且我们已经了解到其是如何控制这一进程的。这相当有趣，不同类型的鸟类似乎用这种蛋白质在做着同样的工作。"

在过去对"先有鸡还是先有蛋"这个问题的争论中，科学家们一般都倾向于先有蛋。2008年，加拿大古生物学者泽勒尼茨基称，通过对7700万年前恐龙蛋化石的研究，明确的谜题答案浮出水面：恐龙首先建造了类似鸟窝的巢穴，产下了类似鸟蛋的蛋，然后恐龙再进化成鸟类。因此很明确，蛋先于鸡之前就存在了。鸡是由这些产下了类似鸡蛋的肉食恐龙进化而成。

有些哲学家也认为先有蛋，英国伦敦国王学院的哲学家大卫·帕皮诺甚至从哲学的角度证明了先有蛋。他说："种瓜得瓜，种豆得豆。说是袋鼠下的蛋，结果孵出的是鸵鸟，那么这枚蛋一定是鸵鸟产的，而不是袋鼠产的。"同理，第一只鸡不可能是从其他动物所生的蛋中孵出来的，只可能先有鸡蛋才有鸡。

更有意思的是，虽然这个问题谁先提出来的已经不可考，但在哲学史上却有不少的大家涉足其中，争论不休。在这里就讲讲希腊哲学家史上的两位哲学家的观点吧！一位哲学家是柏拉图，在他的哲学中最重要的是"理念"哲学论，他认为世界由两部分组成——所谓的二元论，一部分是我们所看到的事物；另一部分是我们的理性。他还进一步说明了我们的眼睛不太可靠，我们所看到的事物和他在我们理性中的模型不完全符合，他把这个模型称为"理念"；在他看来"理念"先于事物而在我们的头脑里存在，也就是说在我们看到马时为什么能认出这是匹马，是因为马的"理念"在我们的头脑里存在。然后我们回到这个问题上来，按照他的哲学理论，当我们还未见到鸡却知道鸡会生蛋时，我们就会理所当然说是先有鸡然后才有鸡蛋，因为我们头脑里知道这回事并且我们相信我们的理性。

然而，另一个希腊哲学家——亚里士多德，同时是柏拉图的学生。在崇拜他的老师的同时，也提出了自己的、与自己老师截然相反的哲学观点。他认为我们的世界也是由两部分组成的，即事物与理性，但是我们应该相信我们的感官，也就是说我们所看到的就是客观的，它们不会随我们的意志而转移。在明白了柏拉图的哲学论时再来理解亚里士多德的哲学论，我们就会得出与其相反的结论：即是先有蛋后有鸡。同时他还认为，蛋是潜能，鸡是结果。潜能先于结果，因而蛋先于鸡。

智慧感悟

你也许会对上面的争论感到可笑，因为大家到最后还是没有说明白到底是先有鸡还是先有蛋，但我们至少可以从上面的思维方式中得到启发，哲学本来就不是有标准答案的。先有鸡还是先有蛋也许永远都没有令所有人信服的答案，因为它本身就是一个循环论证的过程，其中的哲学思维方式确实颇为闪光和有趣。

肯定即否定

道光禅师有一次问大珠慧海禅师道："禅师，您平常用功，是用何心修道？"

大珠："老僧无心可用，无道可修。"

道光："既然无心可用，无道可修，为什么每天要聚众劝人参禅修道？"

大珠："老僧我上无片瓦，下无立锥之地，哪有什么地方可以聚众？"

道光："事实上，您每天聚众论道，难道这不是说法度众？"

大珠："请你不要冤枉我，我连话都不会说，如何论道？我连一个人也没有看到，你怎可说我度众呢？"

道光："禅师，您这可打妄语了。"

大珠："老僧连舌头都没有，如何妄语？"

道光："难道器世间，情世间，你和我的存在，还有参禅说法的事实，都是假的吗？"

大珠："都是真的！"

道光："既是真的，你为什么都要否定呢？"

大珠："假的，要否定；真的也要否定！"

道光终于言下大悟。

智慧感悟

对于所有东西的否定才是对其的肯定。说到真理，有时是要从肯定上去认识的，但有时也是可以从否定上去认识的。如般若心经云："色即是空，空即是色，受想行识，亦复如是。"这就是从肯定中认识人生和世间的。般若心经又云:"无眼耳鼻舌身意,无色声香味触法。"这就是从否定中认识人生和世间的。大珠慧海禅师否定一切明句文身,不是妄语,因为否定一切,才是肯定一切。

世界上没有完全相同的两片树叶

莱布尼茨可以说是举世罕见的天才,出生于德国的他几乎研究了当时人类所了解的一切领域,力学、逻辑学、化学、地理学、解剖学、动物学、植物学、气体学、航海学、地质学、语言学、法学、哲学、历史、外交等等。他甚至还尝试创造一些自己的小发明,而他最重要的成就可能就是先于牛顿发明了微积分,为近代数学带来了革命性的变化。他还是最早研究中国文化和中国哲学的德国人,对丰富人类的科学知识宝库做出了不可磨灭的贡献。莱布尼茨被称为自然科学家、数学家、物理学家、历史学家和哲学家,正是由于上述这些因素,使莱布尼茨的哲学显得卓尔不群。他不但涉猎范围十分广泛,而且他得出的一些结论也十分惊人。

莱布尼茨的博学使他名噪一时,当时的德国贵族都非常希望结交这样一位学术之星。据说,莱布尼茨曾经当过"宫廷顾问"。有一次,皇帝让他解释一下哲学问题,莱布尼茨对皇帝说,任何事物都有共性。皇帝不信,叫宫女们去御花园找来一堆树叶,莱布尼茨果然从这些树叶里面找到了它们的共同点,皇帝很佩服。这时,莱布尼茨又说:"凡物莫不相异,天地间没有两个彼此完全相同的东西。"宫女们听了这番话后,再次纷纷走入御花园去寻找两片完全没有区别的树叶,想以此推翻这位哲学家的论断。结果大失所望,因为粗粗看来,树上的叶子好像都一样,仔细一比较,却是形态各异,都有其特殊性。宫女们累弯了腰,也没能找到两片大小、颜色、厚薄、形态等完全相同的树叶。

这个故事揭示了哲学关于世界统一性和多样性关系的原理。这一原理告诉我们，统一的物质世界以多种多样的形式存在和发展。组成物质世界的丰富多彩的不同个体各有其特殊性，但事物与事物之间又有着普遍的联系，存在着许多共性。世界的统一性和多样性是有机的统一，不可割裂。这要求我们做事情的时候要从实际出发，具体情况具体分析，不要盲目随从。

智慧感悟

莱布尼茨给我们展示了自然界的神奇，对于我们人类来说又何尝不是如此呢。我们每个人都是一个独立的个体，又都是一个独特的个体，因为没有任何其他的人和你完全一样。在此，我们要为自己的存在骄傲，因为每个人在世界上都是独一无二的。所以，请珍惜自己的生命，活出自己的精彩！

反者道之动

战国时期有一位老人，名叫塞翁。他养了许多马，一天马群中忽然有一匹马走失了。邻居们听到这事，都来安慰他不必太着急，年龄大了，多注意身体。塞翁见有人劝慰，笑笑说："丢了一匹马损失不大，没准还会带来福气。"

邻居听了塞翁的话，心里觉得好笑。马丢了，明明是件坏事，他却认为也许是件好事，显然是自我安慰而已。可是过了没几天，丢的马不仅自动回家，还带回一匹骏马。

邻居听说马自己回来了，非常佩服塞翁的预见，向塞翁道贺说："还是您老有远见，马不仅没有丢，还带回一匹好马，真是福气呀。"

塞翁听了邻人的祝贺，反倒一点高兴的样子都没有，忧虑地说："白白得了一匹好马，不一定是什么福气，也许会惹出什么麻烦来。"

邻居们以为他故作姿态纯属老年人的狡猾。心里明明高兴，有意不说出来。

塞翁有个独生子，非常喜欢骑马。他发现带回来的那匹马顾盼生姿，身长蹄大，嘶鸣嘹亮，一看就知道是匹好马。他每天都骑马出游，心中甚是扬扬得意。

一天，他高兴得有些过火，打马飞奔，一个趔趄，从马背上跌了下来，摔断了腿。邻居听说，纷纷前来慰问。

塞翁说："没什么，腿摔断了却保住性命，或许是福气呢。"邻居们觉得他又在胡言乱语。他们想不出，摔断腿会带来什么福气。

不久，匈奴兵大举入侵，许多青年人被应征入伍，塞翁的儿子因为摔断了腿，不能去当兵。入伍的青年大都战死了，唯有塞翁的儿子保全了性命。

智慧感悟

老子"反者道之动"的命题对中国哲学中辩证思想的发展有重大影响，启迪了《易传》《淮南子》等书作者和韩非、扬雄、张载、程颐、王夫之等人的辩证法思想。通常所说的"物极必反"，就是对"反者道之动"思想的通俗表述。老子在两千多年以前就说过："祸兮福所倚，福兮祸所伏。"这也启示了我们在日常生活中要对事物的发展有个长远的认识，正确地看待一时的得失。

纯粹理性的批判

康德的一生几乎都没离开过他出生的地方。1724年，康德出生于东普鲁士哥尼斯堡。1740年，进入哥尼斯堡大学哲学系学习，毕业后在一个贵族家庭担任了9年家庭教师。1755年，康德担任了哥尼斯堡大学讲师，后被提升为教授、校长，一直在哥尼斯堡大学任教，于1797年退休。直至他去世，他到过的最远的地方仅仅是离哥尼斯堡50公里的一个城市。

在平常人看来，康德的生活非常准时，甚至显得过于呆板和枯燥。康德日常生活安排十分有规律，就像时钟一样准确。据说，无论冬夏，5点差一刻，他会准时起床。起床后，喝一杯茶，吸一袋烟，康德就外出讲学，或者开始哲学思考和创作。

下午3点，康德按时出门散步，散步的路线是固定的，因为康德的许多哲学思想都是在这条路上产生的，这条路也被称为"哲学大道"。他散步时闭口不言，只用鼻子呼吸，据说他认为在路上张开嘴不卫生；有人戏说他"心胸狭窄"，因为他胸部凹陷，胸腔狭小，但他却拥有广阔的精神天空；他就像精确的钟表一样守时，风雨无阻，市民们在满怀敬意与他打招呼时，总是趁机校正自己的钟表。只有一次，邻居们没有准时看到他的出现，都为他担心，当时他沉浸在卢梭的《爱弥儿》，以至于忘了时间、忘了自己，不过，在数十年间，这是他唯一一次没有准时出现。

康德终生未娶。康德有过想娶妻的冲动，一次当他还在盘算自己的财产时，就被人捷足先登；另一次则是偶然邂逅了一位来哥尼斯堡旅游的年轻女子，当他还在对是否求婚进行哲学论证的时候，这位女子离开了哥尼斯堡，从此芳踪难觅，只能不了了之。海涅对此评价说："康德的生平履历很难描写，因为他既没有生活过，也没有经历什么。"之后，康德就没有与任何女性有过密切接触。对此，康德曾经自嘲地说："未婚的老年男人往往比已婚的男人更能保持年轻的风貌。已婚男人那饱经风霜的脸上，画着的不是一只负重的老牛吗？"

康德的一生就这样与哥尼斯堡联系着，他几乎没有出过远门，更没有去过什么英国、法国留学，但是他取得了举世瞩目的成就。这是因为他对于哲学的喜爱和执着，"有两种东西，我对它们的思考越是深沉和持久，它们在我心灵中唤起的惊奇和敬畏就会日新月异，不断增长，这就是我头上的星空和心中的道德定律。"

第四章　开启思辨之门，点亮智慧人生

智慧感悟

德国诗人海涅评价道："德国被康德引入了哲学的道路，因而哲学变成了一份民族的事业。一群出色的大思想家突然出现在德国的国土上，就像用魔法呼唤出来的一样。"海涅所言没有丝毫的夸张。康德所开创的德国古典哲学，发动了哲学上的"哥白尼革命"，是任何哲学史都不能不提及的伟大哲学天才。他创建的"纯粹理性批判""实践理性批判"和"判断力批判"三大体系几乎成为古典哲学的最高峰，并深刻地影响着现代哲学的发展。甚至有人绝望地宣称，康德之后再不会有纯粹的哲学了，因为哲学已经被康德终结了。

人不能两次踏入同一条河流

古希腊哲学家赫拉克利特非常强调变化的观点，他有一句非常有名的话："人不能两次踏入同一条河流。"他的意思是，世界是永恒变化着的，运动是绝对的，即"一切皆流，无物常驻"。他说："除了变化，我别无所见。不要让你们自己受骗！如果你们相信在生成和消逝之海上看到了某块坚固的陆地，那也只是因为你的目光太仓促，而不是事物的本质。你们使用事物的名称，仿佛它们永远持续地存在，然而，甚至你们第二次踏进的河流也不是第一次踏进的那同一条河流了。"

但是后来，赫拉克利特的一个学生克拉底鲁把他的观点绝对化、教条化，提出了一个极端观点："人一次也不能踏入同一条河流。"他认为当我们踏入"这条"河流的时候，它已经不是刚才我们看到的"那条"了。如果按照这个逻辑的话，世界上不会有确定性质的事物了，整个世界将成为混沌一团。我们既不能认识事物，也不能解说一个事物是什么了。因为，当我们还没有说完"这是一张饼"时，饼已经变成其他东西了，当我们把饼吃到肚子里的时候，它又变成了另外的东西。因此，克拉底鲁主张用动手指代替说话，因为一开口就过时了。这显然是荒谬的。

赫拉克利特说"人不能两次踏入同一条河流"是强调运动具有绝对性，一切都存在，同时又不存在，因为一切都在流动，都在不断地变化，不断地产生和消灭。而克拉底鲁说"人一次也不能踏入同一条河流"，就割裂了运动和静止之间的关系。物质世界处于永恒的运动之中，但绝对运动的物质有相对静止的一面。如果连相对静止都否认了，那么这个世界就没有什么是可以认识的了。

关于克拉底鲁的错误还有一个小故事讲得更直白：有一个人外出忘了带钱，便向邻居借。过了一段时间，这个人不还钱，邻居便向他讨债。这个人狡辩说："一切皆变，一切皆流，现在的我，已不是当初借钱的我。"邻居发了脾气，一怒之下就挥手打了他，赖账人要去告状，这位邻居对他说："你去吧，一切皆变，一切皆流，现在的我，已不是当初打你的我了。"赖账人无言以对，只好干瞪眼。

赫拉克利特强调运动变化，并没有否定静止。在他的思想中，运动是绝对的，静止是相对的。赫拉克利特认为世界的本源是火，这是万物的本性；但是火的形态是不停变化的，表现着不同的形式。这就告诉我们要看到事物静止的一面也要看到运动的一面。恩格斯高度评价了他的这个思想："这是个原始的、素朴的但实质上正确的世界观。"

智慧感悟

世界是变化不定的，我们每天都面临一个崭新的世界。太阳每天都会升起，但今天的太阳还是昨天的太阳吗？哲学努力地为人的存在寻求一种超越我们本身之外的确定感，然而变化却是每个哲学家都无法回避的话题。

第四章　开启思辨之门，点亮智慧人生

维特根斯坦的镜子

　　维特根斯坦认为，既然一切理解均需透过语言，那么研究语言即能掌握世界最精确的样貌。1920年，也就是《逻辑哲学论》出版前两年，维特根斯坦归隐到阿尔卑斯山当小学老师，当时他才31岁，不过他认为75页的《逻辑哲学论》已经把哲学问题统统解决了。9年后，维特根斯坦回到剑桥，又重新开始解决这些哲学问题。

　　在东部前线服役时，维特根斯坦听说有个法庭案件，当庭展示了一条街道的模型，用来说明导致车祸事件发生的原因。他由此获得灵感，认为语言字词的功能便如同模型里的玩具车和玩偶一般，被组织起来建构一幅现实世界的景象。他接着又主张，一切表述系统，必定是以此类比喻方式加以运作。虽然语言里使用的字词和其所指涉的对象并不相似，只是大家一致同意用来代表特定对象的任意符号，然而，当我们比较语句里字词与实际事物间的关系时，相似性就出现了。叙述与事实的关系，就像是比例尺地图与其所代表的实际地域的关系。虽然地图埋所当然比实际地域小得多，但重点在于，地图上所标示的地点间的距离，模拟了实际世界中对应物之间的距离。

　　维特根斯坦又继续推论，语句的结构或形式必须和世界的现实事物所显露的事实相同，语言才能发挥功能，世界所包含的各类结构必须反映在我们用来谈论这些结构的语言的结构中。正如复杂的事实可以拆解成更小的部分一样，语言也可以分解成更简单的元素。名词代表世界上的简单事物，而名词在语句中的结合方式，则代表名词所指涉的对应事物彼此之间的关系。事物间存在着空间关系，而字词间则存在着逻辑关系。当我们说"那只猫在垫子上"时，会知道是"那只"猫在那张"垫子"上，我们理解了这一陈述，就确认了语言与物体间的共同结构。这好比用尺子或透明格网把说的话与世界量一量，看看彼此是否相符，如果是的话，说的话便是真的。

智慧感悟

真实世界事物彼此间的关系，本身并非额外的独立事物。猫坐在垫子上时，存在的有猫、垫子，以及猫和垫子的关系，但并没有第三件称为"那只猫在垫子上"这样的事物。同样的，语句中字词间的逻辑关系并非额外的字词，而是仅展现于所谈论之事物的结构中。了解这点相当重要，因为这意味着语言和其所描述的世界之间的关系，本身无法在语言中加以陈述。世界上有一样东西是图所无法描述的，那就是图本身，它无法借由自我描述来说明自己是幅图。

第五章

善与恶的对话

> 人性本善或人性本恶，是一个争论不休的话题。
>
> 在近代的基督教背景下，西方的整体人性观是性恶论的，但《国富论》的作者亚当·斯密在另一本书《道德情操论》中却表达了与中国儒家的性善、良心相契合的观点："无论人们认为某人怎样自私，他的天赋中总是明显地存在着这样一些本性，这些本性使他关心别人的命运，把别人的幸福看成是自己的事情。"
>
> 无论人性中的自私表现得如何猖獗，人都无法否认自己的情感中蕴含有向善的可能和要求。

心中的精灵：良知的呼唤

卢梭小时候家里很穷，为求生计，只好到一个伯爵家去当小用人。伯爵家的一个侍女有条漂亮的丝带，很讨人喜爱。一天，卢梭趁没人的时候，从侍女床头拿走丝带，跑到院里玩赏起来。

正在这时候，有个仆人从他身后走过，发现了卢梭手中的丝带，立刻报告了伯爵。伯爵大为恼火，就把卢梭叫到身旁，厉声追问。卢梭紧张极了，心想，如果承认丝带是自己拿的，那他一定会被辞退，以后再找工作，可就更难了。他结巴了好大一会儿，最后撒了个谎，说丝带是小厨娘玛丽偷给他的。伯爵半信半疑，就让玛丽过来对质。善良、老实的小玛丽一听这事，脑瓜子顿时蒙了，一边流泪，一边说："不是我，绝不是我！"卢梭却死死咬住了玛丽，并把事情的"经过"编造得有鼻子有眼。

这下子，伯爵更恼火了，索性将卢梭和玛丽同时辞退了。当两人离开伯爵家时，一位长者意味深长地说："你们之中必有一个是无辜的，说谎的人一定会受到良心的惩罚！"

果然，这件事给卢梭带来了终身的痛苦。40年后，他在本人的自传《忏悔录》中坦白说："这种沉重的负担一直压在我的良心上……促使我决心撰写这部忏悔录。""这种残酷的回忆，常常使我苦恼，在我苦恼得睡不着的时候，便看到这个可怜的姑娘前来谴责我的罪行……"

一时的自私让卢梭遭受了一生的良心谴责。时刻反省自己的良知，用自己的良知与处世标准进行自我约束和管理，才能减少过失，无愧于心。

第五章　善与恶的对话

智慧感悟

良心的惩罚是最痛苦的煎熬，是人生痛苦的根源之一。背负着良心的惩罚会让你苦恼得寝食不安。要做到坦坦荡荡，唯有让自己的心充满正直、诚实。当正直和诚实的阳光照耀着你的心灵时，阴霾就会远离你的世界。

自我约束是减少错误最有力的道德力量，因为一个人做了违背道德信义的事，首先受到的是来自内心的惩罚。正直和诚实就是一个人的良知，是一个人心中的审判官。心中有原则，做事就不会为得失所迷，心情就不会为得失所累。为人处世要对得起自己的良心，不要让灵魂受审判。

致良知：来自直觉的认识

南宋哲学家杨简在富阳担任主簿的时候，问陆九渊："人的本心是什么。"

陆九渊就引用孟子的"善之四端"回答他。孟子的"四端"是指："恻隐之心，仁之端也；羞恶之心，义之端也；辞让之心，礼之端也；是非之心，智之端也。"

杨简说："这段话我很小的时候就已经读过了，但是始终弄不清楚本心指的究竟是什么。"

陆九渊还没来得及回答，这时有人击鼓鸣冤，杨简不得不出去审理。审理结束后，陆九渊问杨简："现在你知道什么是本心了吗？"

杨简望着陆九渊说："还是不清楚。"

陆九渊笑着说："刚才你断案，知道怎样判断是非，这便是你的本心。"

杨简问:"就这些吗?"

陆九渊大声回答说:"你还要什么?"

杨简就此顿悟,成为陆九渊的弟子。

还有另一个关于明朝大儒王守仁弟子的故事。

有一次,王守仁的弟子半夜里捉到一个小偷,便向他大谈"良知"的道理。

谁知,小偷笑着问道:"请问,我的良知在哪里?"

当时正值炎夏,天气很热,王守仁的弟子让小偷脱掉外衣,接着又让他脱掉内衣。当让小偷脱掉裤子时,小偷诺诺地说:"这恐怕不太好吧。"

王守仁的弟子说:"这便是你的良知!"

智慧感悟

每个人都有良知,也就是人的本心。凭借良知,我们就能知道什么是对,什么是错。再进一步说,按人的本性来讲,人只要秉着良知去分辨是非,就可以成为圣人。正如王守仁所说"致良知",人生在世,所需要做的就是遵行良知的指导。

与人平等,真慈悲

相传,释迦牟尼佛在前一世是一位修行者。他日夜不断、诚心诚意、锲而不舍、勇猛精进地修行菩萨道,惊动了天界。天帝为了测试他的诚心,即令侍者化成一只鸽子,自己则变成一只鹰,在鸽子后面穷追不舍。

修行者看到鸽子的危难情况,挺身而出,把鸽子放在怀里保护着。老鹰吃不到鸽子,很是不满,责问修行者说:"我已经好几天没吃的了，再得不到吃的就会饿死。修行人不是以平等视众生吗？现在你救了它的命，却会害了我的命啊！"

修行者道："你说的也有道理，为了表示公平起见，鸽子身上的肉有多重，你就在我身上叼多少肉吃吧！"

天帝使用法力使放在天平秤上的修行者的肉总是比鸽子肉轻。修行者还是忍痛割下自己的肉，直到割光全身的肉，两边重量还是无法相等。修行者只好舍身爬上天平秤以求均等。

天帝看到修行者的舍身，老鹰、鸽子都全部变回了原形。天帝问修行者："当你发现自己的肉已割尽，而重量还是不相等时，你是否有丝毫的悔意或怨恨之心呢？"

修行者答道："行菩萨道者应有难行难修、人溺己溺的精神，为了救度众生的疾苦，即使牺牲生命也在所不惜，怎会有后悔怨恨之心呢？"

天帝被他的慈悲心及无畏的精神所感动，又使用法力使他恢复了原来的健康。

在释迦牟尼佛的眼里，人世间的一切生命都是平等的，都是值得珍惜和热爱的，都是需要我们去善待的。

智慧感悟

有一句诗说得好："不俗即仙骨，多情乃佛心。"佛本最多情，大慈大悲正体现了佛心的救世深情。真正的大悲心，没有悲心的痕迹，只是理所当然而行为，大爱心亦是如此。

现实人生，怀着一颗平等爱人之心，与周围的人们友善、和睦地相处，无论对于他人还是我们自己的人生都是大有裨益的。

明善为思诚之本

有个猎人,他在打猎的过程中捉到一只还在吃奶的小麋鹿,他十分爱怜这只温驯的小动物,决定抱回家中饲养。

猎人刚跨进家门,十几条猎狗就目露凶光一拥而上,猎狗们还以为主人给自己带来了好吃的食物。猎人大怒,棒打脚踢,把猎狗狠狠地教训了一顿。

为了沟通狗和麋鹿之间的感情,猎人就每天抱着小麋鹿到狗群中去,让它们相互熟悉。只要哪只猎狗稍稍流露一点不良的意图,猎人立刻就把它毒打一顿。时间一长,小麋鹿跟这群猎狗很熟了,它们经常在一起玩耍,追逐打闹,十分亲昵。这些猎狗虽然很想尝尝鲜嫩的鹿肉,但是惧怕主人的鞭子,只能把唾沫往肚子里咽。小麋鹿呢,倚仗着主人的保护,得意忘形,竟然忘记了猎狗是自己的天敌,反而把狗当成了好伙伴。

3年后的一天,小麋鹿自个儿跑到大门外去玩耍。它看见远处有一群狗在追逐嬉闹,立刻跑向狗群,想跟它们一起玩。这群狗发现了小麋鹿,立即猛扑了上来,把小麋鹿吃掉了。可怜的小麋鹿到死也没有弄明白为什么这些狗朋友一下子变成了凶残的敌人!

小麋鹿混淆了朋友和敌人的界限,最终被吞食。在生活中,我们要学会辨别敌人和朋友,不要因为敌人的甜言蜜语就忘乎所以,也不要因为朋友的逆耳忠言就有意疏远,最好是对自己和周围的人能够有准确的认识和定位。

古时候有一个人非常迷信,达到痴迷的状态。他的生肖属鼠,就把老鼠奉为神物。他不让家里人养猫、逮鼠,听凭老鼠在粮仓、厨房横行。于是,周围的老鼠都搬到他这里来安家。白天,老鼠成群结队地在屋子里乱窜,肆无忌惮地在主人脚下追逐;夜晚,老鼠争食打架,吱吱乱叫，吵得人们无法入睡。他家的家具都被老鼠啃得千疮百孔，箱柜里的衣物也被咬成布屑碎片，但是，这个主人听之任之，严禁其他人捕捉老鼠。

最后，他的家人不堪忍受，于是都离开他搬到别的地方去住了，剩下他孤家寡人陪着老鼠过日子了。

故事中的这个人，就是一个不明是非、不分善恶的人。他的"善心"用在了错误的对象身上，他的坚持变成了愚蠢的举动。最后落了个连亲人都弃之而去的下场。

智慧感悟

朱熹在《四书集注·孟子集注》中说道："思诚为修身之本，而明善又为思诚之本。"意思是，以真诚为准则是自我修养的关键，要弄清楚哪些是好的言行举动，又是坚持真诚的根本。我们要有所坚持，首先就要弄清楚什么是好的、什么是不好的。我们要做一个诚实的人，一个善良的人，一个勇于坚持的人，但前提是我们要知道什么是善的，什么是恶的，什么是应该坚持维护的，什么又是该坚决取缔的。只有"明善"在先，才能行善在后，否则就会南辕北辙，沦为一个愚蠢的生活小丑。

乡愿：善也要有棱角

一个农夫在寒冷的冬天里看见一条蛇冻僵了，觉得它很可怜，就把它拾起来，小心翼翼地揣进怀里，用暖热的身体温暖着它。那蛇受了暖气，渐渐复苏了，又恢复了生机。等到它彻底苏醒过来，便立即恢复了本性，用尖利的毒牙狠狠地咬了恩人一口，使他受了致命的创伤。农夫临死的时候痛悔地说："我可怜恶人，不辨好坏，结果害了自己,遭到这样的恶报。"

农夫对蛇的无原则的同情与怜悯,受害的只是他自己。而如果是乡愿,则会混淆是非,影响其周围的社会风气。《论语》中孔子曾经批评过一种叫作"乡愿"的人。

孔子说:"乡愿,德之贼也。"

子贡问孔子:"乡人皆好之,如何?"

孔子说:"很好。"

子贡又问:"乡人皆恶之,如何?"

孔子说:"不好。不如乡人之善者好之,其不善者恶之。"

孔子为什么如此憎恶乡愿呢?清朝的王永彬在《围炉夜话》中给出了答案:"只为他似忠似廉无非假面孔。"

智慧感悟

乡愿自身并没有真正的道德修养,只是一味地迎合世俗人的道德水平、人情的愿望,成为众望所归的好人或模范,从而获取名利情的满足,最是能惑乱人的心志,尤其在道德败坏的时代。正如孟子所说:"言不顾行,行不顾言……阉然媚于世也者,是乡愿也""非之无举也,刺之无刺也。同乎流俗,合乎污也。居之似忠信,行之似廉洁。众谐悦之,自以为是,而不可与入尧舜之道,故曰:德之贼也。"

"君子和而不同,小人同而不和",真正的君子,不随波逐流,而又能与众人善处,这才是真君子;而乡愿却似是而非、表里言行不一。确切地讲,乡愿是在败坏道德。

第五章 善与恶的对话

不背叛就会被淘汰

　　玉寅生和二乌从臣是同学，相交甚好，他们没有钱，于是以品性互勉。玉寅生对三乌从臣说："我们这些人应该洁身自好，以后在朝廷做官，绝不能趋炎附势而玷污了纯洁的品性。"三乌从臣说："你说的太有道理了，巴结权贵绝不是我们这些正人君子所为。既然我们有共同的志向，为何不现在发个誓呢？"玉寅生非常高兴，于是他们郑重地把鸡血抹在嘴上发誓："我们二人一致决心不贪图利益，不被权贵所诱惑，不攀附奸邪的小人而改变我们的德行。如果违背誓言，就请明察秋毫的神灵来惩罚背誓者。"

　　后来，他们二人一同到晋国做官。玉寅生又重申以前发过的誓言，三乌从臣说："过去用心发过的誓言还响在耳边，怎能轻易忘呢！"当时赵宣子受到晋王的宠爱，人们争相拜访赵宣子，以期能得到他的推荐，从而得到国君的赏识。赵宣子的府邸前车子都排出了很远。这时三乌从臣已经后悔，他很想结识赵宣子，想去赵宣子家又怕玉寅生知道，几经犹豫后，决定尽早去拜访。为避人耳目，当鸡刚叫头遍，他就整理衣冠，匆匆忙忙去拜访赵宣子了。进了赵府的门，却看见已经有个人端端正正地坐在正屋前东边的长廊里等候了，他走上前去举灯一照，原来那个人是玉寅生。两人相对而愧，赶紧告退了。

　　三乌从臣和玉寅生的选择，从纯粹利益至上的角度来说，是理性的，也就是说他们的背叛是明智的。因为，赵宣子的权势对他们的仕途来说，是一种不可忽视的可利用的外在资源。如果他们都不趋附而固守他们所谓的忠贞的话，肯定与高官厚禄无缘。相反，谁趋附谁就有机会。在异国为官，无权无势，受到赏识和提拔，对他们来说无疑是现实而又足具诱惑力的。那么，背叛就是利益所需的选择。

　　背叛的好处就是眼前的收益比较高，坏处则是可能会影响到将来的收益。但是，背叛还有另外一个好处，就是降低了对手的收益。三乌从臣和玉寅生两个人肯定都不希望对方比自己过得好，他们都担心自己会变成傻瓜。

智慧感悟

诚信、道义是人之所以为人的基本道德规范。讲诚信、守道义也是社会得以良性发展的必要公德。但是，在特殊情况下，从趋利避害的角度来讲，背叛是一种合乎人情的理性选择。

第六章

得不喜，失不忧

在汉语里，"舍得"一词具有哲学的味道。舍得，有舍有得，小舍小得，大舍大得，不舍不得。凡事有利必有弊，有得必有失，你在这里得到一片地，你在那里可能会失去一片天，正如针无双头尖一样，所谓两头兼顾、两全其美、脚踩两只船，想好处尽得，是很难的，往往会落得个顾此失彼、前功尽弃的结局。因此，对于得到的东西，要知道珍惜；对于失去的东西，要尽量糊涂，不要过分计较。人生之路，只要有目标，就坚定地往前走，千万不要落入患得患失的陷阱。

得不喜，失不忧

中国古代有一位神射手，叫后羿。经过多年的勤学苦练，加上先天的禀赋，他练就了一身百步穿杨的好本领，立射、跪射、骑射样样精通，而且箭箭都射中靶心，从来没有失过手。人们对他充满敬佩，争相传颂他高超的射技。

夏王从身边人那里听说了这位神射手的事迹，他想一睹其风采，于是把后羿召入宫来，让后羿单独给他一个人演习一番。

后羿被带到宫中，在御花园里的一个开阔地带，夏王叫人拿来一块一尺见方，靶心直径大约一寸的兽皮箭靶，用手指着说："今天请先生来，是想请你展示一下你那精湛的本领，这个箭靶就是你的目标。为了使这次表演不至于沉闷乏味，我来给你定个赏罚规则：如果射中了的话，我就赏赐给你黄金万两；如果射不中，那就要削减你一千户的封地。现在请先生开始吧。"

后羿听了夏王的话，一言不发，面色凝重。他慢慢走到离箭靶大约一百步的地方，脚步显得相当沉重。然后，后羿取出一支箭搭上弓弦，摆好姿势拉开弓准备射击。

想到自己这一箭出去可能发生的结果，一向镇定的后羿呼吸变得急促起来，拉弓的手也微微发抖，几次都没有把箭射出去。过了好一会儿，后羿终于下定决心松开了弦，箭应声而出，"啪"地一下钉在离靶心足有几寸远的地方。后羿脸色一下子白了，他再次弯弓搭箭，精神却更加不集中了，射出的箭也偏得更加离谱。

后羿收拾弓箭，勉强微笑着向夏王告辞，悻悻地离开了王宫。夏王在失望的同时掩饰不住心头的疑惑，就问手下道："这个神箭手后羿平时射起箭来百发百中，为什么今天跟他定下了赏罚规则，他就大失水准了呢？"

手下解释说:"后羿平日射箭,不过是一般练习,在一颗平常心之下,水平自然可以正常发挥。可是今天他射出的成绩直接关系到他的切身利益,自然会患得患失,所以不可能静下心来充分施展技术。"

智慧感悟

一个人的才华、时间、精力毕竟有限,要想做好一切想做的事是不可能的。有些事,别人行,并不一定你也行,昨天行并不意味着今天还行。尊重现实,顺其自然乃智者之举,患得患失不仅折磨自己的心智,更会使自己一事无成、苦恼不堪。

观世间万事,得之,则安之;失之,亦安之。不患不得,亦不患得而复失,在舍得之间从容游走,这是一种旷达、超然的人生境界。

有轻重便有取舍

一个背着大包裹的忧愁者,千里迢迢跑来拜访一位德高望重的哲人,他诉苦道:"先生,我是那样的孤独、痛苦和寂寞,长期的跋涉使我疲倦到极点,我的鞋子破了,荆棘割破双脚,手也受伤了,流血不止;嗓子因为长久的呼喊而喑哑……为什么我还不能找到心中的阳光?"哲人问:"你的大包裹里装的是什么?"忧愁者说:"它对我可重要了。里面是我每一次跌倒时的痛苦,每一次受伤后的哭泣,每一次孤寂时的烦恼……靠了它,我才能走到您这儿来。"于是,哲人带忧愁者来到河边,他们坐船过了河。上岸后,哲人说:"你扛着船赶路吧!""什么,扛着船赶路?"忧愁者很惊讶,"它那么沉,我扛得动吗?""是的,孩子,你扛不动它。"哲人微微一笑,说:"过河时,船是有用的。但过了河,我们就要放下船赶路。否则,它会变成我们的包袱。痛苦、孤独、寂寞、灾难、眼泪,这些对人生都是有用的,它能使生命得到升华，但须臾不忘，就成了人生的包袱。放下它吧！孩子，生命不能太负重。"

忧愁者放下包袱，继续赶路，他发觉自己的步子轻松而愉悦，比以前快得多。原来，生命是可以不必如此沉重的。

智慧感悟

精明者敢于放弃，聪明者乐于放弃，高明者善于放弃。人，其实天生就懂得放弃，但放弃并非是盲目的，而是有选择地放弃，重在选择，次在放弃，不轻言放弃。放弃失落带来的痛楚，放弃屈辱留下的仇恨，放弃心中所有难言的负荷，放弃耗费精力的争吵，放弃没完没了的解释，放弃对权力的角逐，放弃对金钱的贪欲，放弃对虚名的争夺——放弃的是烦恼，摆脱的是纠缠，收获的就是快乐，拥有的就是充实。

懂得取舍，是人生的一种境界。取舍，并非是一件很容易的事情。得，要先舍；而舍，则终必得。而舍不舍得，以及怎样去"舍"，又怎样去"得"，就全看自己了。

人生倒后推理

在第二次世界大战终于平息之后，以美英法为首的战胜国首脑们几经磋商，决定在美国纽约成立一个协调处理世界事务的联合国。一切准备就绪之后，大家才发现，这个全球至高无上、最权威的世界性组织，竟没有自己的立足之地。

如果让联合国自己掏钱买一块地皮，刚刚成立的联合国机构还身无分文。如果让世界各国筹资，但是牌子刚刚挂起，就要向世界各国搞经济摊派，负面影响太大。况且刚刚经历了"二战"的浩劫，各国政府都财库空虚，许多国家都是财政赤字居高不下，在寸土寸金的纽约筹资买下一块地皮，并不是一件容易的事情。联合国对此一筹莫展。

听到这一消息后，美国著名的家族财团洛克菲勒家族经商议，果断出资870万美元，在纽约买下一块地皮，将这块地皮无条件地赠予了这个刚刚挂牌的国际性组织——联合国。同时，洛克菲勒家族亦将毗邻这块地皮的大片土地全部买下。

对洛克菲勒家族的这一出人意料之举，当时美国许多大财团都吃惊不已。870万美元，对于战后经济萎靡的世界各国，都是一笔不小的数目，而洛克菲勒家族却将它拱手赠出，并且什么条件也没有。这条消息传出后，美国许多财团主和地产商都纷纷嘲笑说："这简直是蠢人之举！"并纷纷断言："这样经营不要10年，著名的洛克菲勒家族财团，便会沦落为著名的洛克菲勒家族贫民集团！"

但出人意料的是，联合国大楼刚刚建成完工，毗邻地的地价便立刻飙升，相当于捐赠款数十倍、近百倍的巨额财富源源不断地涌进了洛克菲勒家族财团的腰包。这种结局，令那些曾经讥讽和嘲笑过洛克菲勒家族捐赠之举的财团和商人们目瞪口呆。

智慧感悟

人生和打仗一样，要有所获得，明智的做法就是要学会立足长远，弃近利取远利之道。干事情应该把眼光放长远，正所谓"人生倒后推理"，从结果出发，推断自己现在应采取的策略，为了收获长远的利益，就要舍弃眼前的小利。

绝对的光明如同完全的黑暗

中国台湾作家刘墉先生有一个朋友，快50岁的时候才结婚，新娘曾经是个演员，离异过两次。但是他并不在意，反而认为自己的太太很好：虽然以前嫁过人，但是以前的经历去掉了她身上的浮华与娇气，现在反而能够心平气和地过日子，不仅做得一手好菜，还会布置家居。所以他的朋友认为自己是在妻子最完美的时候遇上了她。

况且，他的朋友认为自己也是不完美的，自己也曲曲折折地走过许多弯路。正因为两个人都走过了这些，所以彼此都很成熟，都知道包容对方、谅解对方，所以这种不完美正是一种完美。

正因为有了这样的想法，他的朋友生活得很幸福。

智慧感悟

我们每一个人的生命，都被上苍划了一个缺口，虽然你不想要，但是这个缺口却如影随形地跟着你。人生就像是一个残缺不全的圆，没有一个人的生活是圆满无缺的，也许正是因为认识到了每个生命都有欠缺，所以我们的人生才因此而更加美丽。正如维纳斯的断臂，她的存在和闻名世界不能不说是一个意外。创作者的最初的意图显然是要塑造一个完美的塑像，哪个雕塑家会去追求一件残缺的艺术品来证明自己呢？然而，维纳斯的断臂则恰恰证明了残缺的美才是真正的完美。

人人都热爱光明，但绝对的光明是不存在的。如果真出现了绝对的光明，那也就无所谓光明与黑暗了，人们将如同在绝对的黑暗中一样。因此，万事都有缺陷，没有一个是圆满的。人世间做人做事之难，也在于任何事都没有真正的圆满。

莫做刀口舔血的狼

北极的因纽特人利用独特的气候条件，发明了一种独特的捕狼方法。

方法其实很简单，是在冰原上凿一个坑，将一把尖刀的刀柄放进去并略作固定，往刀子上洒上一些鲜血，然后用冰雪把刀子埋好。不一会儿，寒冷的天气就把这个小雪堆冻成了一个冰疙瘩，最后，他们再往冰堆上洒一点血，就大功告成了，剩下要做的只是到时候来收获猎物。

在冰原上四处觅食的饿狼闻到血腥味后，就会来到这个冰疙瘩前，它以为这里面会有一只受伤倒毙的小动物。狼于是开始用自己的舌头舔冰堆上的血迹，并希望将冰堆舔开，以吃到埋在里面的食物。不多会儿，它就舔到了刀尖。但这时，它的舌头因为舔了半天的冰块，已经被冻得麻木了，没有了痛觉，只有嗅觉在告诉它：血腥味越来越浓，美味的食物已经马上就要到口了。

于是，饥饿的狼继续用舌头在刀尖上舔来舔去，它自己的血越流越多，血腥味又刺激着它更加卖力地舔下去……最终，失血过多的狼倒在雪地里，成为因纽特人的美食！

智慧感悟

生存本身就是一种风险。在我们生活的世界里，风险就像空气般充斥在我们的周围；街道、家里、办公场所，时时刻刻隐藏着许多我们无法预知的风险。要知道，"血腥味"最浓的时候，就是风险最大的时候。

舍得的真意是珍惜

一个农夫临死前请教一位哲人："我一生勤勤恳恳，身心俱疲，还是一无所获，我这一生是不是徒徒虚度？"

哲人微笑着说："如果我用万贯家财和你交换你的妻子儿女，你愿意吗？"农夫很微弱但毅然坚决地说："我不会同意的。"

哲人还是微笑着回答道："那你又何需苦恼呢？你拥有的是亲人的爱，他们是你最值得珍惜的东西。"

农夫释然地笑了，望着眼前低泣的家人，微笑着闭上了眼睛。

智慧感悟

人生短暂，与浩瀚的历史长河相比，拥有和失去，只是短短的一瞬。舍得的真意是珍惜。人生路上，很多东西本来就是随缘而来，也要随缘而走。随缘，就是要珍惜目前与当下所拥有的。

人生中最重要的并不是"得不到"和"已失去"，而是真正去爱惜眼前你所拥有的。"春有百花冬有雪，夏有凉风秋有月。若无闲事挂心头，日日皆是好时节。"过去的都已经过去，唯有把握现在才是最幸福的。行至水穷处，坐看云起时。即使一无所有，也有最珍贵的东西。

第七章
完美在于不求完美

人生,永远都是有缺憾的。佛学里把这个世界叫作"婆娑世界",翻译过来便是能容你许多缺陷的世界。本来这个世界就是有缺憾的,如果没有缺憾就不能称其为"人世间"。在这个有缺憾的世间,便有了缺憾的人生。因此苏东坡词曰:"月有阴晴圆缺,人有悲欢离合,此事古难全。"

我们只有在鲜花凋谢的缺憾里,才会更加珍视花朵盛开时的温馨美丽;只有在人生苦短的愁绪中,才会更加热爱生活,拥抱真情;也只有在泥泞的人生路上,才能留下我们生命坎坷的足迹。

人是正确的，世界就没错

一位哲学家在为一场讲座准备讲稿，他的儿子约翰却在旁边一直吵闹不停。哲学家很生气，但又不想厉声责骂孩子，于是他随手从旁边拿起了一本杂志，将其中印着世界地图的一页纸撕碎，随意搅乱后丢在地上，对约翰说："如果你能在晚饭前把这幅地图拼好，我就给你5美元。"

约翰听闻立刻停止了吵闹，开始津津有味地拼起地图来，哲学家终于能够思考了。

父亲本以为这个艰巨的任务会让约翰安安静静地度过整个下午，但是没过多久，儿子就跑过来敲响了他的房门。打开门看到儿子捧在手里的完整的地图，哲学家非常诧异："约翰，你怎么会这么快就把地图拼好了呢？"

"爸爸，这非常容易啊！你不知道，这幅地图的背面是一个人的照片，拼人像比拼地图可简单多了，所以我先拼好人的照片后把纸翻了过来。因为我想如果这个人是正确的，那么这个世界也应该不会出错吧！"儿子回答说。

哲学家心中一动，他给了儿子5美元，并高兴地对他说："孩子，你让我脑海中有了一个更适合明天演讲的题目——如果一个人是正确的，那么他的世界就是正确的。"

智慧感悟

所谓的正确并不是要我们随时面对任何问题都能给出正确的答案，而是应该追求正确的思维方式，并采取正确的行动，实现这一点很重要的就是要改变以自我为中心的坏习惯，不要总是用"我认为"的有色眼镜看事情、看世界，任何一个拥有基本的哲学常识的人都应该知道：世界不以任何人的意志为转移，所以，即使给你一个杠杆，你也无法撬动地球。

优势变隐患

3个旅行者早上出门时，一个旅行者带了一把伞；另一个旅行者拿了一根拐杖；第三个旅行者什么也没有拿。

晚上归来，拿伞的旅行者淋得浑身是水，拿拐杖的旅行者跌得满身是伤，而第三个旅行者却安然无恙。于是，前两个旅行者很纳闷，问第三个旅行者："你怎么会没有事呢？"

第三个旅行者没有回答，而是问拿伞的旅行者："你为什么会淋湿而没有摔伤呢？"

拿伞的旅行者说："当大雨来到的时候，我因为有了伞，就大胆地在雨中走，却不知怎么淋湿了。当我走在泥泞坎坷的路上时，我因为没有拐杖，所以走得非常小心，专拣平稳的地方走，所以没有摔伤。"

然后，第三个旅行者又问拿拐杖的旅行者："你为什么没有淋湿而摔伤了呢？"

拿拐杖的旅行者说："当大雨来临的时候，我因为没有带雨伞，便拣能躲雨的地方走，所以没有淋湿。当我走在泥泞坎坷的路上时，我便用拐杖拄着走，却不知为什么常常跌跤。"

第三个旅行者听后笑笑说："这就是为什么你们拿伞的淋湿了，拿拐杖的跌伤了，而我却安然无恙的原因。当大雨来时我避着走，当路不好时我小心地走，所以我没有淋湿也没有跌伤。你们的失误就在于你们凭借各自的优势，认为有了优势便少了忧患。"

智慧感悟

优势常常使我们忘乎所以，从而失去理智。拥有自己的优势，是令人羡慕的。但优势不是绝对的，如果不能有效地经营自己的优势，认为凭借优势就可以高枕无忧，过分依赖自己的优势，优势也会转化为劣势，最后只能让你跌倒在自己的优势上。

"愚蠢"，也是一种力量

古时候有一个名叫愚公的老人，他家的门口有两座大山挡住了他们出行的道路。于是愚公召集全家人一起动手移走这座大山，后来连邻居的寡妇和小儿子也来帮忙。愚公一家搬山的工具只有锄头和背篓，一个月干下来，大山看起来跟原来没有两样。

有一个老头叫智叟，为人处世很精明。他看见愚公一家人搬山，觉得十分可笑。有一天，他就对愚公说："你这么大岁数了，走路都不方便，怎么可能搬掉两座大山？"

愚公回答说："你名字叫智叟，可我觉得你还不如小孩聪明。我虽然快要死了，但是我还有儿子，我的儿子死了，还有孙子，子子孙孙，一直传下去，无穷无尽。山上的石头是搬走一点儿就少一点儿，再也不会长出一粒泥、一块石头的。我们这样天天搬，月月搬，年年搬，为什么搬不走山呢？"自以为聪明的智叟听了，再也没话可说了。

愚公带领一家人，不论酷热的夏天，还是寒冷的冬天，每天起早贪黑挖山不止。他们的行为终于感动了上天。于是上天派遣了两名神仙到人间去，把这两座大山搬走了。但是愚公移山的故事一直流传至今。

第七章　完美在于不求完美

智慧感悟

郑板桥说：难得糊涂，精明的人太清醒了，看到不该看到的东西，愚蠢人的傻里傻气，他不知道世上还有那么多的委屈，那么多的弯弯。愚蠢的人头脑是简单的，不会考虑太多，也不会斤斤计较，所以他是快乐的。

正所谓大智若愚，聪明人要学会隐藏，视而不见，充耳不闻。这是一种心态，也是一种境界，眼不见为净，耳不闻为清静，这对聪明人来说是很难的。

懦弱者的立足之地

卡夫卡，这位伟大的作家生为男儿身，却没有任何男子汉的气概和气质。在他身上根本找不到那种知难而进、宁折不弯、风风火火、刚烈勇敢的男子汉追求独立的精神，更谈不上清风傲骨了。他短暂的一生没有独立性，只有依赖性，一直对父母有比较强的依赖性。因此，卡夫卡身上最为突出的性格特征是懦弱，是一种男人身上少见的懦弱。

卡夫卡懦弱的性格是他生活的家庭造成的，或者说是他的父母后天塑造的。1883年，卡夫卡出生在奥匈帝国所辖布拉格的一个犹太商人家庭。父母给他起名"卡夫卡"。在当时，犹太人的地位是十分低下的，而且这个姓氏是强加给犹太人的，并且带有骂人的贬义。卡夫卡就是出生在这样一个地位低下的犹太人家庭，而且他的名字本身就意味着一种被压迫的屈辱。

卡夫卡的父亲出身贫寒，仅靠一家小商店来维持生计，在那样一个动荡的年代里，一方面没有任何的社会地位，另一方面经济状况十分窘迫，过着捉襟见肘的日子。然而，对于卡夫卡来说，生活上的艰辛与困苦似乎是可以忍受的，给他幼小心灵留下累累的、终生难以治愈的创伤是父亲对他无休止的粗暴。卡夫卡一生都无法理解父亲对他的粗暴与专横。年幼的卡夫卡日复一日地这样生活着。生活上的每一个细节、每一件小事对他来说都可能是一个不大不小的灾难，都可能成为父亲发火，乃至大发雷霆的借口。有些时候，父亲对他发的火让他不知所措，弄得他左右为难，对干什么事情都没有把握，从根本上丧失了自信心。他的父亲本想利用他所设想的那种军队式的、高压的方式，达到他教育子女成才的目的，但他的叫骂、恐吓等，不但没有把卡夫卡打造成他热切盼望的男子汉，反而使他一步步逃离现实世界，性格变得格外懦弱。紧张、压抑、犹豫环境中成长的卡夫卡完全失去了自信心，也逐步丧失了自我，什么事情都显得动摇不定、犹豫不决。

这种环境使卡夫卡早早地产生了逃离现实生活的想法。现实生活对他实在太残酷了，只有在他的非现实世界——内心世界里，他似乎才能摆脱现实世界的烦恼。犹太人的社会境地和备受排斥、压迫的现实，也在卡夫卡幼小的心灵上留下了创伤。随着年龄的增长，卡夫卡越发感觉周围的一切都是那么不可抗拒、不可改变，而只有在他的内心深处，在他自己用想象构造的世界里，他才能找到少许宁静和安慰。这种逃遁实际上是对现实生活的一种反抗，只是这种反抗和卡夫卡的性格一样，是非常懦弱的。

卡夫卡直到进入学校依然保持着这种非常懦弱的性格，很少与人交往，也没有朋友，整天活在自己的世界里。幸运的是，这时的他开始接触文学，并对此产生了浓厚的兴趣，阅读和写作从此占据了他的大部分时间。

卡夫卡的懦弱让他选择了逃遁，逃向他钟爱的文学。文学，不仅是卡夫卡心灵的家园，也是他生命中的唯一选择。文学是他的王国，在那里，人们处处可以看到卡夫卡的影子。

在文学的王国里，人们看到卡夫卡的勇气，懦弱的卡夫卡选择了并不懦弱的事业，并且取得了并不懦弱的成就。接纳自己的懦弱，选对自己人生的道路并坚持走下去，你就是生活的强者。

第七章　完美在于不求完美

智慧感悟

　　生活中,懦弱被定义为一种胆小、畏缩不前的心理状态。懦弱的人缺乏创造力和冒险精神,一旦遇到新计划、新挑战,总会搬出各种理由来推迟实行。在弱肉强食的社会里,性格懦弱的人似乎并无立足之地。不过懦弱性格是否就注定一事无成呢?也不尽然。正如文中说的:"接纳自己的懦弱,选对自己人生的道路并坚持走下去,你就是生活的强者。"

第八章

苦难成就天才？天才热爱苦难？

> 生活中，不是因为苦难本身有多么神秘和令人向往，而是因为经历了苦难后，人才会愈挫愈坚，无往不胜。上帝创造天才的方式常常独特而令人不可思议。其实，他的秘密之一即是苦难。

好好活着，在不如意的人生中

大热天，禅院里的花被晒蔫了。"天哪，快浇点水吧！"小和尚喊着，接着去提了桶水来。"别急！"老和尚说，"现在太阳晒得很，一冷一热，非死不可，等晚一点再浇。"

傍晚，那盆花已经成了"霉干菜"的样子。"不早浇……"小和尚见状，咕咕哝哝地说，"一定已经干死了，怎么浇也活不了了。"

"浇吧！"老和尚指示。水浇下去，没多久，已经垂下去的花，居然全站了起来，而且生机盎然。

"天哪！"小和尚喊道，"它们可真厉害，憋在那儿，撑着不死。"

老和尚纠正："不是撑着不死，是好好活着。"

"这有什么不同呢？"小和尚低着头，十分不解。

"当然不同。"老和尚拍拍小和尚，"我问你，我今年80多岁了，我是撑着不死，还是好好活着？"

小和尚低下头沉思起来。

晚课完了，老和尚把小和尚叫到面前问："怎么样？想通了吗？"

"没有。"小和尚还低着头。老和尚严肃地说："一天到晚怕死的人，是撑着不死；每天都向前看的人，是好好活着。得一天寿命，就要好好过一天。那些活着的时候天天为了怕死而拜佛烧香，希望死后能成佛的人，绝对成不了佛。"

说到此，老和尚笑笑："他今生能好好过，却没好好过，老天何必给他死后更好的生活？"

智慧感悟

哀莫大于心死，撑着活其实就是已经心死。生活在这个世界上时

第八章 苦难成就天才？天才热爱苦难？

都没有领悟何为真生命，还能指望他在死后开始全新的生命吗？

生活是一件艺术品，每个人都有自己认为最美的一笔，每个人也都有自己认为不尽如人意的一笔，关键在于你怎样看待，有烦恼的人生才是最真实的，同样，认真对待纷扰的人生才是最舒坦的。

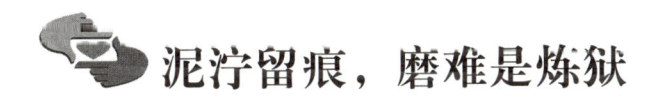

泥泞留痕，磨难是炼狱

鉴真大师在剃度一年多以后，寺里的住持还是让他做行脚僧，每天风里来雨里去，辛辛苦苦地外出化缘。

有一天，已日上三竿，鉴真依旧大睡不起。住持很奇怪，推开鉴真的房门，见鉴真依旧不醒，只见床边堆了一大堆破破烂烂的鞋，就问："你今天不外出化缘，堆这么一堆破鞋干什么？"

鉴真懒洋洋地说："别人一年连一双鞋都穿不坏，我刚剃度一年多，就穿烂了这么多双鞋。"

住持一听就明白了他的弦外之音，微微一笑说："昨天夜里下了一场透雨，你随我到寺前的路上看看吧。"

寺前是一块黄土地，由于刚下了一场雨，路面泥泞不堪。住持拍着鉴真的肩膀问："你是愿意做个天天撞钟的和尚，还是愿意做个能光大佛法的名僧？"鉴真答道："我当然想做个名僧了。"

住持接着说："你昨天是否在这条路上走过？"

鉴真回答："当然。"住持接着问："你能找到自己的脚印吗？"

鉴真十分不解地说："昨天这路上又干又硬，哪能找到自己的脚印？"

住持没有再说话，迈步走进了泥泞里。走了十几步后，住持停下脚步说："今天我在这路上走了一趟，能找到我的脚印吗？"

鉴真答道："那当然能了。"

住持听后拍拍鉴真的肩膀说："泥泞的路上才能留下脚印，世上芸芸众生莫不如此啊,那些一生不经历风风雨雨、碌碌无为的人,就像一双脚踩在又干又硬的路上,什么足迹也没留下。"

鉴真顿时恍然大悟:"泥泞留痕"。

智慧感悟

"自古英雄多磨难,从来纨绔少伟男",古今中外有许多人都在磨难的泥泞路上,留下了自己的脚印。这些立大志、成大事者,都备受磨难,备尝艰辛而最终为上天所成全,得建丰功伟业。

任何人的一生,都是一趟旅行,沿途有无数的坎坷和泥泞,但也有看不完的春花秋月。如果我们的眼睛总是被灰色所蒙蔽,如果我们的心灵总是被灰暗的风尘所覆盖,干涸了心泉、黯淡了目光、失去了生机、丧失了斗志,我们的人生轨迹怎能美好?世界的颜色由我们自己决定,智慧之人会擦亮自己的眼睛,当我们的心境修炼得像住持一样风雨无惊时,我们便能领略人生路上的亮丽风景!

勇气,百折不挠的心

一个极度渴望成功的年轻人在他短短的人生旅途中接二连三地受到打击和挫折,他处于崩溃的边缘,几乎要绝望了。苦闷的他仍然心有不甘,在彷徨和迷茫中,他决定去请教一位智者。见到智者后,他很恭敬地问:"我一心想有所成就,可总是失败,不断遇到挫折。请问,到底怎样才能取得成功呢?"

智者笑笑,转身拿出一件东西递给年轻人,他吃惊地发现智者给他的竟然是一颗花生。年轻人困惑地望着智者,智者问道:"你有没有觉得它有什么特别之处呢?"年轻人仔细地观察了一番,仍然没有发现它和别的花生有什么差别。"请你用力捏捏它。"智者接着说。年轻人

第八章 苦难成就天才？天才热爱苦难？

伸出手用力一捏，花生壳被他捏碎了，只有红色的花生仁留在手中。"请你再搓搓它，看看会发生什么事。"智者又说，脸上带着微笑。

年轻人虽然不解，但还是照着智者的话做了，他轻轻地一搓，花生红色的皮也脱落了，只留下白白的果实。年轻人看着手中的花生，不知智者是何用意。"再用手捏捏它。"智者又说。年轻人用力一捏，他发觉自己的手指根本无法将它捏碎。"用手搓搓看。"智者说。年轻人又照做了，当然，什么也没搓下来。

"虽屡遭挫折，却有一颗坚强、百折不挠的心，这就是成功的一大秘诀！"智者说。

年轻人忽然顿悟，遭遇几次挫折就崩溃、绝望了，这样脆弱的心理又怎么能够成功呢？从智者家里出来，他又挺起了胸膛，心中充满了力量。

如果没有改造自我并进而改造自己境遇的态度和勇气，就不能成为一个有所作为的人。

美国前总统罗斯福在中年时突然得了一种怪病。这时他已经身为参议员，在政坛正是一帆风顺、大展宏图的时候，遭此打击，差点儿心灰意冷，退隐还乡。

开始待在家里的时候，他一点也不能动，必须坐在轮椅上，但他讨厌整天依赖别人把他抬上抬下。后来，他就背着别人到了晚上一个人偷偷练习。

有一天，他告诉家人说，他发明了一种上楼梯的方法，要表演给大家看。原来，他先用手臂的力量，把身体撑起来，挪到台阶上，然后再把腿拖上去，就这样一个台阶一个台阶艰难缓慢地爬上楼梯。

母亲看见他这样子，有些不忍心地劝他说："你这样在地上拖来拖去的，给别人看见了多难看，孩子，别再折磨自己了。"

罗斯福摇了摇头，坚定地说："这是我的耻辱，我必须面对我的耻辱！"

智慧感悟

面对屈辱，如果只是一味地逃避，最后只有一种可能：只会让自

已变得更加懦弱无能，走上彻底失败的道路。这时，你必须拿出敢于面对耻辱的勇气和决心，正视生活中的一切挫折，才能在风雨过后见到灿烂的阳光。

在这个世界上，从没有一步登天的奇迹发生。世界上许多困难的事情都是由那些信念十足的人完成的，因此，遇到挫折时，你要有一颗百折不挠的心，拥有必定成功的信念，那么，你离成功的彼岸就不远了。

耐心，如流水磨棱角

山里有座寺庙，庙里有尊铜铸的大佛和一口大钟。每天大钟都要承受几百次撞击，发出哀鸣。而大佛每天都会坐在那里，接受千千万万人的顶礼膜拜。

一天夜里，大钟向大佛提出抗议说："你我都是铜铸的，可是你却高高在上，每天都有人对你顶礼膜拜、献花供果、烧香奉茶。但每当有人拜你之时，我就要挨打，这太不公平了吧！"

大佛听后微微一笑，安慰大钟说："大钟啊，你也不必羡慕我，你知道吗？当初我被工匠制造时，一锤一锤地锤打，一刀一刀地雕琢，历经刀山火海的痛楚，日夜忍耐如雨点般落下的刀锤……千锤百炼才铸成佛的眼、耳、鼻、身。我的苦难，你不曾忍受，我走过难忍能忍的苦行，才坐在这里，接受鲜花供养和人类的礼拜！而你，别人只在你身上轻轻敲打一下，就忍受不了了！"大钟听后，若有所思。

忍受艰苦的雕琢和锤打之后，大佛才成其为大佛，钟的那点锤打之苦又有什么不堪忍受的呢？

第八章 苦难成就天才？天才热爱苦难？

智慧感悟

没有忍耐，什么事情都不能成就：事业失败需要忍耐，感情受挫需要忍耐，人生磨难需要忍耐，经济合作需要忍耐，人际关系需要忍耐，家庭生活需要忍耐。

所以，明代禅宗憨山大师就曾说："荆棘丛中下脚易，月明廉下转身难。"一个人学佛处处都是障碍，等于满地荆棘，都是刺人的。普通人的看法，荆棘丛中下脚非常困难，但是一个决心修道的人，并不觉得太困难，充其量满身被刺破而已！最难的是什么呢？月明廉下转身难。要行人所不能行，忍人所不能忍，进入这个苦海茫茫中来救世救人，那可是最难做到的。

推迟满足，放长线钓大鱼

一条狗奉主人之命看守一块肉，老鼠与狗商量："你假装打个盹，咱俩把肉分了，等主人回来，你就告诉他是我偷了，行不行？"

狗说："你想得美，这样下去，最终有一天，这案板上摆着的就是我的肉了。"

这样的道理，我们没理由不明白。心理学家曾做过一个"推迟满足"的实验，所谓推迟满足就是说推迟满足当前的欲望，以等待一个更大的成果，该实验对象是孩子。

试验开始时，研究人员带着孩子们在房间中玩耍。接着，研究人员说有事必须离开房间一会儿。在离开前，研究人员把孩子最喜欢吃的糖果和一个按铃放在孩子面前。研究人员告诉孩子，如果能耐心地等他回到房间，就可以得到许多块糖果，但如果孩子不想再等下去了，也可以按铃，研究人员听到铃声便马上返回房间，但在这种情况下，孩子只能得到一块糖。在孩子完全明白以上情况后，研究人员就离开房间，并会在 20 分钟后或孩子按铃后立即回来。这时，孩子面临着选择：他可以马上按铃并得到一块糖，但如果想得到更多的糖果，就必须等待 20 分钟。

这项研究过程中有的孩子耐心地等待了 20 分钟，而有些孩子则比较冲动，研究人员才走几秒便按铃，甚至有些孩子在研究人员还没走出房门便拿走了糖果。

这个实验一直跟踪到这些孩子长大成人。十几年后，结果表明，当初那些能够忍住吃糖果欲望的孩子都不同程度地取得了成功。因为他们懂得暂时忍耐一下当时的欲望可以获得一个更大的成果，即所谓放长线钓大鱼。

智慧感悟

为了追求更大的目标，获得更大的享受，可以克制自己的欲望，放弃眼前的诱惑。延迟满足不是单纯地学会等待，也不是一味地压制希望，更不是"只经历风雨而不见彩虹"，说到底，是一种克服当前的困难情境而力求获得长远利益的能力。如果缺乏意志力，每遇上外界的诱惑，便放下学习或工作，追求即时享乐，这便很难完成自己的目标了。因此，要想获取成功，我们必须注重长远思维模式，有一个长远的打算，不断地调整日常的思想和行为以配合长期目标。

第九章
持续不满只会得到更多不幸

"抱怨"存在于我们生活中每一个角落，就好像美丽也总是在不经意间闯入我们的视野一样。抱怨会带来烦恼，痛苦会像滚雪球一样，越来越大，越来越沉重。如何摆脱抱怨的情绪？那就是倾听别人的抱怨，接受别人的抱怨。

抱怨等于往自己鞋里倒水

孔雀向王后朱诺抱怨。它说:"王后陛下,我不是无理取闹来诉说,您赐给我的歌喉,没有任何人喜欢听,可您看那黄莺小精灵,唱出的歌声婉转,它独占春光,风头出尽。"

朱诺听到如此言语,严厉地批评道:"你赶紧住嘴,嫉妒的鸟儿,你看你脖子四周,如一条七彩丝带。当你行走时,舒展的华丽羽毛,出现在人们面前,就好像色彩斑斓的珠宝。你是如此美丽,你难道好意思去嫉妒黄莺的歌声吗?和你相比,这世界上没有任何一种鸟能像你这样受到人们的喜爱。一种动物不可能具备世界上所有动物的优点。我赐给大家不同的天赋,有的天生长得高大威猛;有的如鹰一样的勇敢,鹊一样的敏捷;乌鸦则可以预告未来之声。大家彼此相融,各司其职。所以我奉劝你去除抱怨,不然的话,作为惩罚,你将失去你美丽的羽毛。"

智慧感悟

抱怨对事情没有一点帮助,与其不停地抱怨,不如把力气用于行动。抱怨的人不见得不善良,但常不受欢迎。抱怨的人认为自己经历了世上最大的不平。但他忘记了听他抱怨的人也可能同样经历了这些,只是心态不同,感受不同。

宽容地看,抱怨实属人之常情。然而抱怨之所以不可取在于:抱怨等于往自己的鞋里倒水,只会使以后的路更难走。抱怨的人在抱怨之后不仅让别人感到难过,自己的心情也往往更糟,心头的怨气不但没有减少,反而更多了。天下有很多东西是毫无价值的,抱怨就是其中一种。

第九章 持续不满只会得到更多不幸

今天抱怨这个，明天抱怨那个，仿佛一刻不说抱怨的话，我们就感受不到心理的平衡。可是只是一味地去抱怨自身的处境，对于改善处境没有丝毫益处，只有先静下心来分析自己，并下定决心去改变它，付诸行动，它才能向你所希望的方向发展。一分耕耘一分收获，不要企望在抱怨或感叹中取得进步，事情的进展是你的行为直接作用的结果。事在人为，只要你去努力争取，梦想终能成真。

持续不满只会得到更多不幸

佛陀经过了多次轮回才终得正果，他想知道世间其他生命如何看待自己这一世的修行，便询问众生，假如可以重新选择，将会怎样选择今生的生活。

众生的回答令佛陀大吃一惊。

猫说："假如让我再活一次，我要做一只老鼠。我偷吃主人一条鱼，会被主人打个半死；而老鼠呢，可以在厨房翻箱倒柜，大吃大喝，人们对它也无可奈何。"

鼠说："假如让我再活一次，我要做一只猫。吃皇粮，拿官饷，从生到死由主人供养，时不时还有我们的同类给它送鱼送虾，很自在。"

猪说："假如让我再活一次，我要当一头牛。生活虽然苦点，但名声好。我们似乎是傻瓜、懒蛋的象征，连骂人也都要说蠢猪。"

牛说："假如让我再活一次，我愿做一头猪。我吃的是草，挤的是奶，干的是力气活，有谁给我评过功、发过奖？做猪多快活，吃罢睡，睡罢吃，肥头大耳，生活赛过神仙。"

鹰说："假如让我再活一次，我愿做一只鸡。渴有水，饿有米，住有房，还受主人保护。我们呢，一年四季漂泊在外，风吹雨淋，还要时刻提防冷枪暗箭，活得多累呀！"

鸡说:"假如让我再活一次,我愿做一只鹰。可以翱翔天空,任意捕兔捉鸡。而我们除了生蛋、报晓外,每天还胆战心惊,怕被捉被宰,惶惶不可终日。"

最有意思的是人的答卷。

不少男人一律填写:"假如让我再活一次,我要做一个女人,可以撒娇、可以邀宠、可以当妃子、可以当公主、可以当太太、可以当妻妾……最重要的是可以支配男人,让男人拜倒在石榴裙下。"

不少女人的答卷一律填写:"假如让我再活一次,一定要做个男人,可以蛮横、可以冒险、可以当皇帝、可以当王子、可以当老爷、可以当父亲……最重要的是可以驱使女人。"

佛陀看完,重重地叹了一口气:"为何人人只懂抱怨?若是如此,又怎会有更加丰富充实的来世?"

智慧感悟

每个人都有自己要抱怨的事情,似乎每个人都理直气壮,却忽略了幸福源自珍惜,生活不是攀比。当这些牢骚与抱怨化作心灵天窗上厚厚的尘埃时,灿烂的阳光又怎能照进心田?那漫天的花雨你又能看见几许?

一位哲人说,世界上最大的悲剧和不幸就是一个人大言不惭地说:"没人给过我任何东西。"许多人都抱怨过处境艰难,毫无疑问,抱怨是无济于事的,反而是乐观旷达的心态能解开心灵的枷锁。抱怨相当于赤脚在石子路上行走,而乐观是一双结结实实的靴子。

你还在抱怨你生活的世界没有给你美吗?庄子说得好:"天地有大美而不言。"通过万花筒看世界,美得变幻无穷;通过污秽的窗子看人生,到处都是泥泞。到底你的生命画布如何着色,要看你拥有一颗怎样看待世界的心。不抱怨,把天地装在心中,就能看见自然的美。

直心是道场

《维摩经菩萨品第四》中有一句名言"直心是道场",其故事来由是:

一天,光严童子为寻求适于修行的清净场所,决心离开喧闹的城市。在他快要出城时,遇到维摩居士。维摩也称为维摩诘,是与佛祖同时代的著名居士,他妻妾众多,资财无数,一方面潇洒人生,游戏风尘,享尽世间富贵;一方面又精悉佛理,崇佛向道,修成了救世菩萨,在佛教界被喻为"火中生莲花"。光严童子问维摩居士:"你从哪里来?""我从道场来。""道场在哪里?""直心是道场。"听到维摩居士讲"直心是道场",光严童子恍然大悟。"直心"即纯洁清净之心,即抛弃一切烦恼,灭绝了一切妄念,纯一无杂之心。有了"直心",在任何地方都可修道;若无"直心",就是在最清净的深山古刹中也修不出正果。

智慧感悟

自古以来,圣贤总在唏嘘感叹"世风日下""人心不古",中西方皆是如此。古罗马诗人贺拉斯在其《歌集》中叹息:"父辈较之祖辈已经不如,又生出我们这不肖一族,而下一代注定更加恶毒。"对此,老子也有自己的慨叹,老子著述的本意,首重效法自然道德的原则。假如人们都在道德的生活中,既不尚贤,又无欲而不争,那当然合乎自然的规范,也就自然是太平无事的天下了。时代到了后世,人人不能自修道德,只拿前辈那些叹古惜今的话来当教条,自然是背道而驰,越说越远了。

原本人心纯真无私、正直光明,随着年龄与阅历的增长,渐渐发现周围的许多人都是心有城府、尔虞我诈、钩心斗角、自欺欺人，不由自主，随波逐流，放弃了自己的直心道场。世风日下，人心不古，社会上风气不正，人们有失淳朴善良而流于獝诈虚伪，心地不再像古人那么淳朴，让许多老人不由感叹"今不如昔"。

老子取法于天地自然，超然物外，已达至境，仿佛一位大宗师，看透了世间的万事万物，以天地之道运用于处世之中，既是一位伟大的哲学家，又是一位伟大的思想家。然而，时代变化，后世之人早已偏离了直心道场，故对于老子的告诫不置可否，听着圣人的慨叹，我们也只能体会其中一二。

世风如此，多说无益，一声叹息，只愿自修其身，保持真我的本性罢了。只要越来越多的人远离欺诈诈骗，世界便会日渐和谐完满。

只会找借口，终将收获失败

有一天，佛陀坐在金刚座上，开示弟子们道：

"世间有4种马：第一种良马，主人为它配上马鞍，戴上辔头，它能够日行千里，快速如流星。尤为可贵的是，当主人一抬起手中的鞭子，良马便能够知道主人的心意，迅速缓急，前进后退，都能够揣度得恰到好处，不差毫厘，这是能够明察秋毫、洞察先机的第一等良驹。

"第二种好马，当主人的鞭子打下来的时候，它看到鞭影不能马上警觉，但是等鞭子打到了马尾的毛端，它也能领受到主人的意思，奔跃飞腾，这是反应灵敏、矫健善走的好马。

"第三种庸马，不管主人几度扬起皮鞭，见到鞭影，它不但迟钝毫无反应，甚至皮鞭如雨点般地挥打在皮毛上，它都无动于衷。等到主人动了怒气，鞭棍交加打在结实的肉躯上，它才能有所察觉，顺着主人的命令奔跑，这是后知后觉的庸马。

"第四种驽马，主人扬起了鞭子，它视若无睹；鞭棍抽打在皮肉

第九章　持续不满只会得到更多不幸

上，它也毫无知觉；等到主人盛怒了，双腿夹紧马鞍两侧的铁锥，霎时痛刺骨髓，皮肉溃烂，它才如梦初醒，放足狂奔，这是愚劣无知、冥顽不化的驽马。"

智慧感悟

真正优秀的人从来不去抱怨环境给予了自己什么，也不会为了自己的失败找寻任何借口。他们只会勇敢地面对生活，即使面临委屈的处境，也不会觉得难过。可是，在生活中，很多人却一直在为自己找寻借口。这样的人，注定了只能做"庸马"和"驽马"，而不会走向成功。

止水澄波，悟道须静

在《庄子·在宥》篇中，庄子讲述了黄帝向广成子问道的故事，故事这样说：

黄帝做了19年天子，诏令通行天下，听说广成子居住在崆峒山上，特意前往拜见他。

黄帝见到广成子后说："我听说先生已经通晓至道，冒昧地请教至道的精华。我一心想获取天地的灵气，用来帮助五谷生长，用来养育百姓。我又希望能主宰阴阳，从而使众多生灵遂心地成长，对此我将怎么办？"

广成子回答说："你所想问的，是万事万物的根本；你所想主宰的，是万事万物的残留。自从你治理天下，天上的云气不等到聚集就下起雨来，地上的草木不等到枯黄就飘落凋零，太阳和月亮的光亮也渐渐地晦暗下来。然而谗谄的小人心地是那么褊狭和恶劣，又怎么能够谈论大道！"

黄帝听了这一席话便退了回来,弃置朝政,筑起清心寂智的静室,铺着洁白的茅草,谢绝交往独居三月,再次前往求教。

广成子头朝南地躺着,黄帝则顺着下方,双膝着地匍匐向前,叩头着地行了大礼后问道:"听说先生已经通晓至道,冒昧地请教,修养自身怎样才能活得长久?"

广成子急速地挺身而起,说:"问得好啊!来,我告诉你至道。至道的精髓,幽深邈远;至道的至极,晦暗沉寂。什么也不看什么也不听,持守精神保持宁静,形体自然顺应正道。一定要保持宁寂和清静,不要使身形疲累劳苦,不要使精神动荡恍惚,这样就可以长生。眼睛什么也没看见,耳朵什么也没听到,内心什么也不知晓,这样你的精神定能持守你的形体,形体也就长生。小心谨慎地摒除一切思虑,封闭起对外的一切感官,智巧太盛定然招致败亡。我帮助你达到最光明的境地,直达那阳气的本原;我帮助你进入幽深邈远的大门,直达那阴气的本原。天和地都各有主宰,阴和阳都各有府藏,谨慎地守护你的身形,万物将会自然地成长。我持守着浑一的大道而又处于阴阳二气调谐的境界,所以我修身至今已经1200年,而我的身形还从不曾有过衰老。"

黄帝再次行了大礼叩头至地说:"先生真可说是跟自然混而为一了!"

开始时广成子不愿向黄帝说道,皇帝放弃天下,斋戒3个月以后,广成子才向黄帝说了以下的话:"你问得好啊!来,我告诉你至道是什么。至道的精华,幽深而无状;至道的极致,蒙昧而无声。不听不看,让精神安静,形体就自然端正。一定要安静,一定要清静,不要劳累形体,不要耗费精力,这样就能长生。"

智慧感悟

想要得到幸福,就要保持自己心灵的平静。如果生命一直处于烦躁、嘈杂的状态之中,怎能找到自己的心灵呢?内心的平静是智慧的珍宝、长久努力自律的成果,它呈现出丰富的经验与不凡的真知灼见。一个人即使身处闹市,也要保持静的状态。

第九章　持续不满只会得到更多不幸

人们认为自己的想法愈益成熟而变得沉稳，要有这样的体认必须了解别人亦是如此。他若有正确的体认，借着因果道理越来越透彻明白事物的关联性，便不再惊慌失措、焦虑悲伤，而是稳重镇定、从容沉着。

变化中何求永恒

一次，佛陀带着几位侍者出行。那时正值中午，天气非常热，佛陀觉得口渴，就告诉侍者阿难："我们不久前曾跨过一条小溪，你回去帮我取一些水来。"

阿难回头去找那条小溪，但小溪实在太小了，有一些车子经过，溪水被弄得很污浊，水不能喝了。于是阿难回去告诉佛陀："那小溪的水已变得很脏而不能喝了，请您允许我继续走，我知道有一条河离这里只有几里路。"

佛陀说："不，你回到同一条小溪那里。"阿难表面遵从，但内心并不服气，他认为水那么脏，只是浪费时间白跑一趟。他走到那里，发现水虽没有刚才浑浊了但仍有许多泥沙，还是不可以喝的，又跑回来说："您为什么要坚持？"佛陀不加解释，仍然说："你再去。"阿难只好遵从。

当他再走到那条溪流边时，那溪水就像它原来那么清澈、纯净——泥沙已经沉到了河底。阿难笑了，赶快提着水回来，拜在佛陀脚下说："您给我上了伟大的一课，无论是林中的小溪还是生命中的河流，没有什么东西是永恒的。"

智慧感悟

溪水的污浊只是一时的，随着时间的流逝，它会再次恢复清明。

人如果执着于眼前变化，就不可能把握事物的整体，所以若有若无、与时俱进地施行和改变自己的行为，这才是做人的最好方法。

要求一生幸福，那是不可能的事情，因为幸福就像轻飘飘的羽毛一样难以把握，而艰难痛苦就像脚下的大地一样始终不离左右，所以人一生都是身在福祸之中。福祸不定，世事无常，只有认识了事物变化发展的本质，用变化和发展的眼光看待一切事物，才不会偏离生活的轨道。

第十章

享受还是创造：上帝与人，你听谁的

> 人生在世，不仅是奔波，也不仅是享受，人生应是既有奋斗也有享受，应该是忙里不忘休闲，工作之余不忘品味人生的快乐与幸福，不忘领取上天的恩赐。

佛陀的人生譬喻：无常

在一个寂寞的秋天黄昏，无尽广阔的荒野中，有一位旅人赶着路。突然，旅人发现薄暗的野道中，散落着一块块白白的东西，仔细一看，原来是人的白骨。旅人正疑惑思考时，忽然从前方传来惊人的咆哮声，随着一只大老虎紧逼而来。看到这只老虎，旅人顿时了解了白骨的原因，立刻向来时的道路拔腿逃跑。

但显然是迷失了道路，旅人竟跑到一座断崖绝壁的顶上。在毫无办法之中，幸好发现断崖上有一棵松树，并且从树枝上垂下一条藤蔓。旅人便毫不犹豫，马上抓着藤蔓垂下去，可谓九死一生。

好感谢啊！幸亏有这藤蔓，终于救了宝贵一命。旅人暂时安心了。但是当他朝脚下一看时，不禁"啊"了一声，原来脚下竟是波涛汹涌深不可测的深海，怒浪澎湃着，而且在那波涛间还有3条毒龙，正张开大口等待着他。旅人不知不觉全身战栗起来。

更恐怖的是，依靠救生的藤蔓，在其根接处出现了一只白色的老鼠和一只黑色的老鼠，正在交互地啃着藤蔓。旅人拼命摇动藤蔓，想赶走老鼠，可是老鼠一点也没有逃开的意思。而且每次摇动藤蔓，便有水滴从上面落下来，这是树枝上蜂巢所滴下的蜂蜜。由于蜂蜜太甜了，旅人竟完全忘记自己正处于危险万分的境地，此心陶陶然地被蜂蜜所夺。

释迦牟尼开示这愚痴的旅人之相，便是所有人类的人生之真相。那么释迦牟尼这段譬喻意味着什么呢？下面让我们依次来看一下其中的譬喻：

秋天的黄昏，喻人生的孤寂感。为什么？因为我们是孤独一人在旅行。人生的孤寂，就在这心灵的孤独。虽说有亲朋好友，却没有可以互相倾吐心中一切、互相理解的心灵挚友。即使是夫妻，也未必能

第十章　享受还是创造：上帝与人，你听谁的

互相理解心中之事。

荒野，喻我们无尽寂寞的人生。我们自从出生之始，就开始了人生的逆旅。既然是旅途，就应该有目的地。那么你来到人间的目的地在哪里呢？如果现在还不知道，那岂不就是这迷茫的旅人？

旅人，指现世中的我们本身。

白骨，喻人生旅途中，亲朋好友的死亡。我们活到现在，应该看到过很多白骨，你有何感触？

老虎，喻我们自己的死亡。世间的一切都是无常的，死，对我们而言是最恐怖的事。因为我们非死不可。正因为你以为这是非常恐怖的事实，所以平时不想去思考它。但不想不表示不存在，人终究难逃一死。

松树，喻金钱、财产、名誉、地位等。一生即使拥有再多的财富、名誉，在死亡的面前也是无力的。即使是历史上的帝王秦皇汉武、唐宗宋祖，临终也不免感叹人生犹如梦中之梦。

藤蔓，喻期待中的寿命。我们常常想，现在还年轻，还不会死，还有时间呢。但人的寿命到底几何呢？想想已过去的十年二十年，已如梦如幻般地消逝了。而今后的十年二十年，又何尝不是濒死前的梦幻。

深海，喻地狱。坠入地狱，必须承受"八万劫中大苦恼"。

毒龙，喻地狱之苦，指我们的贪欲、嗔怒、愚痴。由于贪欲我们做了多少违背良心之事；由于嗔怒我们心中产生了多少诅咒亲朋好友以及他人快死之类的心杀之罪；由于愚痴我们心中产生了多少对自己不幸的愤懑、对他人幸福的嫉妒之罪。

老鼠，喻白天和晚上。一白一黑两只老鼠指白天和黑夜交替不停歇地缩短我们的寿命，即使是过年、节日、假日，因为它们没有假日。所谓活了今天一天，便是死了今天一天。藤蔓最终将被咬断。总有一天我们将会跌入死亡的深海。

蜂蜜，喻人的财、色、名、食、睡五欲。我们无时无刻地奔波劳碌，所思所想，所作所为，似乎没有离开过这五欲的满足。

智慧感悟

人生短暂，或梦或戏，或精彩或孤寂，最终皆归于一点。佛教认为善因善果、恶因恶果、自因自果，由自己所不断造作的罪恶所生出的地狱，最后还是由自己坠入。但作为旅人的我们，完全被蜂蜜所吸引，陶醉于其中，忘记了周围的一切。人生正是这样不断地舔着蜂蜜，不知不觉地随着老鼠咬断藤蔓而堕下去。有谁能否认自己不是这个旅人呢？

享受还是创造：上帝与人，你听谁的

有一天，上帝创造了3个人。他问第一个人："到了人世间你准备怎样度过自己的一生？"第一个人想了想，回答说："我要充分利用生命去创造。"

上帝又问第二个人："到了人世间，你准备怎样度过你的一生？"第二个人想了想，回答说："我要充分利用生命去享受。"

上帝又问第三个人："到了人世间，你准备怎样度过你的一生？"第三个人想了想，回答说："我既要创造人生又要享受人生。"

上帝给第一个人打了50分，给第二个人打了50分，给第三个人打了100分，他认为第三个人才是最完美的人，他甚至决定多生产一些"第三个"这样的人。

第一个人来到人世间，表现出了不平常的奉献感和拯救感。他为许许多多的人做出了许许多多的贡献。对自己帮助过的人，他从无所求。他为真理而奋斗，屡遭误解也毫无怨言。慢慢的，他成了德高望重的人，他的善行被人广为传颂，他的名字被人们默默敬仰。他离开人间，所有人都依依不舍，人们从四面八方赶来为他送行。直至若干年后，他还一直被人们深深怀念着。

第二个人来到人世间，表现出了不平常的占有欲和破坏欲。为了达到目的他不择手段，甚至无恶不作。慢慢的，他拥有了无数的财富，生活奢华，一掷千金，妻妾成群。后来，他因作恶太多而得到了应有的惩罚。正义之剑把他驱逐人间的时候，他得到是鄙视和唾骂。若干年后，他还一直被人们深深痛恨着。

第三个人来到人世间，没有任何不平常的表现。他建立了自己的家庭，过着忙碌而充实的生活。若干年后，没有人记得他的存在。

人类为第一个人打了 100 分，为第二个人打了 0 分，为第三个人打了 50 分。这个分数，才是他们的最终得分。

智慧感悟

上帝的打分和人类的打分存在着如此大的差别。是上帝的失误，还是人类的无知？不知道上帝是如何看待这截然不同的结果的，人类还是按照自己的想法在继续，所有的一切都在延续……

人生 = 旅行：分享温暖生命

智德禅师在院子里种了一株菊花。转眼 3 年后的秋天，院子里长满了菊花，香味一直传到了山下的村子中。

来禅院的信徒都不住地赞叹："好美的花儿啊！"

有一天，有人开口向智德禅师要几株菊花种在自家院子里，智德禅师答应了。他亲自动手挑选开得最鲜、枝叶最粗的几株，挖出来送到那人家里。消息很快传开，前来要花的人接踵而至，络绎不绝。这样一来，没过几天，院里的菊花就都被送出去了。

弟子们看到满院的凄凉，忍不住说："真可惜了！这里本来应该是满院的菊花。"

智德禅师微笑着说:"可是,你想想,这样不是更好吗?因为3年后就会是满村菊花香了啊!"

"满村菊花香!"弟子们听师父这么一说,脸上的笑容立刻如菊花一样灿烂起来。

智德禅师说:"我们应该把美好的事物与别人一起分享,让每个人都感受到这种幸福:即使自己一无所有了,心里也是幸福的啊,因为这时我们才真正拥有了幸福。"

智慧感悟

马塞尔说:"人生就是一场旅行。"人活在世界上都只是旅客,而不是归人。既然只是旅客,又何必在意自己"有"什么呢?我们应该在意的是,自己"是"什么,如何"做自己"。人生的一切,最后都不能带走,我们要懂得与人分享的道理。分享不单指金钱上的分享,也包括关怀、知识、信念以及尊重。

很多人都有参加旅行团的经验,在旅行的过程中大家会互相帮助,如果是到了国外,同胞之间更会互相照顾。然而,等回到故乡,人与人之间的关系便会淡漠许多。事实上,人生整个说来就是一个旅行的过程,人与人之间因缘分而有机会在一起,应该珍惜及感受相处时的缘分,共同分享生命中值得拥有的温暖与关怀。

托尔斯泰说过:"人活着应该让别人因为你活着而得到益处。"学会分享、给予和付出,你会感受到舍己为人、不求任何回报的快乐和满足。我们每个人心中都有一座美丽的大花园。如果我们愿意让别人在此种植快乐,同时也让这份快乐滋润自己,那么我们心灵的花园就永远不会荒芜。

第十章 享受还是创造：上帝与人，你听谁的

奔波中自有大享受

现代作家林语堂一生笔耕不辍，他平均每年写一本书，直到77岁，仍没放下手中之笔。但另一方面，他又非常注意休闲和享受，他常去户外散步，去郊外垂钓，去名山大川自由歇息。

他说："我像所有的中国人一样，相信中庸之道。"主张"尽力工作尽情作乐，英文只有 work hard, play hard 四词，这样才得生活之调剂，得生活之收获。"他反对过于努力和过于慵懒闲适的生活，提出了"半半哲学"的论调。

他非常喜欢清代李模（密庵）那首"半半歌"，认为它较好地反映了自己的人生理想："看破浮生过半，半之受用无边。半中岁月尽幽闲，半里乾坤宽展。半郭半乡村舍，半山半水田园。半耕半读半经廛，半士半民姻眷。半雅半粗器具，半华半实庭轩。衾裳半素半轻鲜，肴馔半丰半俭。童仆半能半拙，妻儿半朴半贤。心情半佛半神仙，姓字半藏半显。一半还之天地，让将一半人间。半思后代与沧田，半想阎罗怎见。饮酒半酣正好，花开半时偏妍。帆张半扇免翻颠，马放半缰稳便。半少却饶滋味，半多反厌纠缠。百年苦乐半相参，会占便宜只半。"它将天地人生的种种现象与关系写得绘声绘色，一览无余。其中在对天地万物的悲悯中又有着达观超然的人间情怀。

在美国时，他有感于美国人长于进取和工作却拙于享受的特点，向他们介绍了《乐隐词》二首，其一是："短短横墙/矮矮疏窗/瘫楂儿小小池塘/高低叠障/绿水旁边/也有些风/有些月/有些凉。"其二是："懒散无拘/此等何如/倚阑干临水观鱼/风花雪月/盈得工夫/好炷些香/说些话/读些书。"在《人的梦》里，林语堂更是心态悠闲余裕地说，假使他能得一个月的顽闲，度一个月顽闲的生活，他可以立即放下手中之笔，睡48小时大觉，换上便服，带一渔竿，携一本《醒世姻缘》，

一本《七侠五义》，一本《海上花》，此外行杖一支，雪茄5盒，到一世外桃源，暂做葛天遗民，领现在可行之乐，补平生未读之书。这是充分理解了闲适和享受真义之后的人生理想方式。在林语堂笔下，他所崇拜的陈芸和姚木兰也是这样：她们知足常乐，对生活所求无多，平淡悠闲的田园生活最令她们感到惬意，即使是布衣菜饭，亦可得乐终生。从此意义上说，林语堂认为还是张潮说得好："能闲人之所忙，然后能忙人之所闲。"

智慧感悟

人生不是你死我活的战场，也不必怀着不成功则成仁的决绝，如果你想奔跑，希望能像阿甘那样："有一天，我忽然想跑步，于是我就跑了起来。"无论道路多长，都跑得兴高采烈；无论多少人追随，都跑得心无旁骛，有一天不跑了，就转身而去，也不需管身后多少人唧唧喳喳。

第十一章
学习是件终生的事情

> 学习是一个不断积累提升的过程，在这个过程中发现问题解决问题，然后提升自己，达到一个新的阶段，然后再不断地发现问题解决问题，如此周而往复。求知的过程没有终点，知道自己无知，才会努力弥补不足，然后成为有知识的人。倚仗自己学识渊博，便恃才傲物放松自身的修养，慢慢也会沦为无知的人。

君子之学必好问

孔子到了周公庙,每件事情都要问一问。

有人看不惯他的行为,于是说他:"孰谓鄹人之子知礼乎?入太庙,每事问。"意思是说:"谁说叔梁纥的这个儿子懂礼呢?他到了太庙,每件事都要问。"

孔子听了之后便说道:"是礼也。"每件事情都向别人请教,这正是礼啊。

其实孔子说这些话时已到了知天命之年,当时任鲁国司寇,他的知识与文化水平已不是一般人可比拟,而他"每事问",正表现出他谦虚谨慎、虚心好学、不耻下问的精神。知识是无穷无尽的,时代是在前进的,情况是在变化的,因此学习没有终止的时候。人应该时时学习,活到老学到老,人生才会不断进步。

虚心求教,不耻下问,不仅体现了一个人的道德素养,而且在实际的学习和生活中,也会让自己受益匪浅。

唐朝诗人郑谷自幼聪明,7岁就能吟诗作对。郑谷有一位诗友是个和尚,叫齐己。他年长于郑谷,经常和郑谷吟诗唱和,因此二人的友谊十分深厚。有一次,齐己作了一首诗,诗名是《早梅》,诗云:

万木冻欲折,孤根暖独回。

前村深雪里,昨夜数枝开。

风递幽香出,禽窥素艳来。

明年如应律,先发望春台。

笔落诗成,齐己吟诵再三,自我感觉十分好,便去邀郑谷品评。郑谷看后,说此诗都好,但需改一字就更加完美了。齐己听后,很着急地问:"哪一字?"郑谷微笑着说,诗中"昨夜数枝开",如果改为"一枝开",岂不是把早梅的这一"早"字写活了?齐己听后连连点头

第十一章 学习是件终生的事情

称是，不觉佩服得下拜致谢。时人于是称郑谷为"一字师"。

智慧感悟

"圣人无常师"即是说有学问的人没有固定的老师。这正如犹太法典所言："能向任何遇到的人学习其好处的人，是世界上最聪明的人！"

我国著名教育家陶行知先生曾说："天地是个闷葫芦，闷葫芦里有妙理。您不问它您怕它，它一被问它怕您。您若愿意问问看，一问直须问到底。"又说："发明千千万，起点是一问。禽兽不如人，过在不会问。智者问得巧，愚者问得拙。人力胜天工，只在每事问。"

最聪明的人不是依靠固有的天赋，而是通过不耻下问以获取新的知识，不断充实自己。所有的智者都会比普通人更加用心地去请教别人，在"每事问"中获得学问。清代刘开说："君子之学必好问。"只有问与学相辅而行之，做一个胸怀广阔的人，勇于探询，方能心明眼亮。

吾将上下而求索

芝诺是古希腊著名的智者，知识渊博。

一天，有个学生问他："尊敬的老师，您的知识多过我们何止千万倍，您解答问题总是令人信服，可是怎么您的疑问也多过我们千万倍啊？"

芝诺用手在桌上画了一大一小两个圆圈，对学生说："你看，大圆圈代表我掌握的知识，小圆圈代表你们掌握的知识。这两个圆圈外面，是我们都不知道的知识。的确，我的知识比你们要多。我的圆圈大，接触到无知的范围就比你们多；你们的圆圈小，接触到无知的范围就比我少。这就是我常常有疑问、常常怀疑自己的原因啊！"

芝诺的话机智而富有哲理，提出了一个令人瞠目结舌的命题：他的无知感正来自他的有知!"知识越深化,我们就越接近不知的事物",歌德用不同的语言表达了同一真理。物理学中的奠基人牛顿在学习、概括、总结前人研究成果的基础上,经过自己的观察和实践,提出了运动三大定律,并由此发现了一个他苦苦思索而又无法解答的问题——运动的最初动力从何而来?且不论牛顿的结论是否正确,如果他不具备丰富的学识,对物理学有很深的造诣,能提出这样的问题吗?牛顿的无知正来源于他的有知。越是有知识的人,越是觉得自己无知,就越是谦逊。相反,那些"十桶水"的人,总是觉得自己无所不知,像公鸡一样骄傲。芝诺告诉我们一个让人回味、值得时刻警醒的哲理:有知即无知。

苏格拉底也有类似的故事。

有一次,有人来到德尔斐神庙,问阿波罗神:"谁是世上最有智慧的人?"神谕说是苏格拉底。从此,苏格拉底是世上最有智慧的人的说法就传开了。苏格拉底对此很不解,因为他常常觉得自己什么都不懂。于是,苏格拉底四处验证,访问了许多被称为"智者"的人,结果发现名气最大的智者恰恰是最愚蠢的。然后,他访问了许多诗人,发现诗人们不是凭借智慧,而是凭借灵感写作。接着,他又访问了许多能工巧匠,发现他们的手艺淹没了他们的智慧。最后,苏格拉底终于明白:阿波罗神之所以说他是最有智慧的,不过是因为他知道自己无知;别的人也同样是无知,但是他们却认识不到这一点,总以为自己很智慧。换句话说,苏格拉底自知其无知,是最大的智慧,而不知道自己无知的人,才是最愚蠢的。

智慧感悟

孔子说过:"知之为知之,不知为不知,是知也。"老子说过:"知不知,尚矣;不知知,病矣。"可见中国古代的先哲们对知与不知的理解,与古希腊先哲有异曲同工之妙。无知且不知悔过,不知反省,不知忏悔,不知求教,不知求新之人应属愚人。我们应当做那些由无知通往有知之路的人,而不是做那些愚人、痴人、笨人。只是路漫漫其修远兮,吾将上下而求索!

第十一章 学习是件终生的事情

承认无知方获得真知

苏格拉底有个学生,有一天他突发奇想,跑到神殿求签,请示神明谁是当时雅典最有智慧的人,结果答案是苏格拉底。于是学生就欣喜若狂地跑去告诉苏格拉底,但苏格拉底听了却不以为然。他说道:"神认为他最有智慧,是因为他比别人多知道一件事,那就是'我是无知的',而别人连自己是无知的都不知道。"

当然,苏格拉底之所以被称为当时最有智慧的人,绝不仅仅是因为只有他知道自己是无知的,而是他有着博大的胸怀、睿智的头脑、善良的性情,在人生的意义、生活的真谛方面有着更为智慧的见识。从苏格拉底的这句话中我们可以看出,一个人只有承认自己的无知,具有谦虚谨慎的态度,才能获得更为广博的真知。如果盲目满足于已知的,甚至以为自己什么都知道,那他永远得不到真知。

古时候,有个人叫高阳应,他总认为自己学识渊博,自己所提出的意见都是对的,别人都应该按照他的意思行事。

有一次,高阳应要盖新房子,他特意到外地请来技术精湛的工人。但是,他心里特别急,老是想着把房子早点盖起来,木匠刚把木料做好放在一旁晾晒,他就很不耐烦地去催促。

木匠说:"不行啊!现在木料还没有干。如果把湿泥抹上去,会把木料压弯的。用新砍下来的湿木料盖房子,刚盖成的时候挺像样子,过不了多久就会由于木料变形而导致房屋倒塌。"

高阳应一听,马上接过话茬儿:"按照你的说法,这房子还应该坏不了!因为日子一久,木料和泥土自然就越来越干,木料越干就越硬,而泥土越干就越轻。用越来越硬的木料去承受越来越轻的泥土,这房子还会坏掉吗?"

高阳应的诡辩把木匠噎得无话可说,既然房子的主人这么固执,木匠一赌气就开工了。房子盖成以后，看上去特别气派，高阳应挺得意。但没过多久，梁上的木料就变形了，房子塌了。

智慧感悟

不懂装懂，胜了诡辩，输了经验。如果高阳应当时承认自己的无知，愿意相信自己是个外行，只会看热闹并不懂得门道，后果也不至于如此。每个人的知识都是有限的，不懂装懂往往会让自己陷入难堪的境地。

求知即求真知

庄子在《应帝王》中讲了这样一则故事：

从前，郑国有个占卜识相十分灵验的巫师，名叫季咸，他知道人的生死存亡和祸福寿夭，所预卜的年、月、旬、日都准确应验，仿佛是神人。郑国人见到他，都担心被预卜死亡和凶祸而急忙跑开。列子见到他却内心折服如醉如痴，回来后把见到的情况告诉自己的老师壶子，并且说："原先我总以为先生的道行最为高深，如今又有更为高深的巫术了。"壶子说："我教给你的还全是道的外在的东西，还未能教给你道的实质，你难道就认为自己已经得道了吗？只有众多的雌性可是却无雄性，又怎么能生出受精的卵呢！你用所学到的道的皮毛就跟世人相匹敌，而且一心求取别人的信任，因而让人洞察底细而替你看相。你试着跟他一块儿来，让他给我看看相吧。"

第二天，列子跟季咸一道拜见壶子。季咸走出门来就对列子说："呀！你的先生快要死了！活不了了，用不了十来天了！我观察到他临死前的怪异形色，神情像遇水的灰烬一样。"列子进到屋里，泪水弄湿了衣襟，伤心地把季咸的话告诉给壶子。壶子说："刚才我将如同地表那样寂然不动的心境显露给他看，茫茫然既没有震动也没有止息。这样恐怕他只能看到我闭塞的生机。试试再跟他来看看。"

第三天，列子又跟季咸一道拜见壶子。季咸走出门来就对列子说："真是幸运啊，你的老师遇上了我！征兆减轻了，完全有救了，我已经观察到闭塞的生机中神气微动的情况。"列子进到屋里，把季咸的话告诉给壶子。壶子说："刚才我将天与地那样相对而又相应的心态显露给他看，名声和实利等一切杂念都排除在外，而生机从脚跟发至全身。这样恐怕已看到了我的一线生机。试着再跟他一块儿来看看。"

第四天，列子又跟神巫季咸一道拜见壶子。季咸走出门来就对列子说："你的先生心迹不定，神情恍惚，我不可能给他看相。等到心迹稳定，再来给他看相。"列子进到屋里，把季咸的话告诉给壶子。壶子说："刚才我把阴阳二气均衡而又和谐的心态显露给他看。这样恐怕看到了我内气持平、相应相称的生机。大鱼盘桓逗留的地方叫作深渊；静止的河水聚积的地方叫作深渊；流动的河水滞留的地方叫作深渊。渊有九种称呼，这里只提到了上面3种。试着再跟他一块儿来看看。"

第五天，列子又跟神巫季咸一道拜见壶子。季咸还未站定，就不能自持地跑了。壶子说："追上他！"列子没能追上，回来告诉壶子，说："已经没有踪影了，让他跑掉了，我没能赶上他。"壶子说："起先我显露给他看的始终未脱离我的本源。我跟他随意应付，他弄不清我的究竟，于是我使自己变得那么颓废顺从，变得像水波逐流一样，所以他逃跑了。"

经过这件事情后，列子深深感到未曾学到"道"，于是他像从不曾拜师学道似的回到了自己的家里，3年不出门。他帮助妻子烧火做饭，喂猪就像侍候人一样。对于各种世事不分亲疏没有偏私，过去的雕琢和华饰已恢复到原本的质朴和纯真，像大地一样木然忘情地将形骸留在世上。虽然涉入世间的纷扰却能固守本真，并像这样终生不渝。

智慧感悟

列子为什么不能达到他老师壶子的境界，就在于他没有学到真正的"道"。庄子通过这则故事告诉我们，一个人如果去求知，一定要求真知，否则只能是白费时间，浪费生命。

求知须求真知，一个人如果不能求学那些好的、真正对人生有用的知识，还不如不去浪费时间。求得真知才有可能获得人生的成功。

屠龙技：学无所用

有一个年轻人，生性好奇，又很爱面子。只要碰到什么稀奇的绝招，或是听到有人掌握了一门奇特的技能，他都想去学上一招半式，以便回来可以在大伙面前露两手。

有一天，他听说有个奇人会杀龙，感到特别惊讶，打心眼儿里佩服这个人。"杀龙可是一门大学问啊，要是我能学上个一招两招的，说不准大家也会对我刮目相看啊！"他暗暗下定决心，一定要将这门手艺学会。

后来，他四处打听，到处寻找这位能人。功夫不负有心人，经过大半年的寻找，他终于在一座深山里寻到了传说中的奇人。

经过漫长的3年，年轻人勤学苦练，把那些擒拿的动作操练了一遍又一遍，已经到了手到擒来的地步。他觉得自己已经学成了这门绝世的武艺，是回乡的时候了，于是，他拜别了师父，下山去了。

回乡后，乡亲们问他学到了什么技能，他就连讲带比画，表演给大家看——怎样摁住龙头，怎样骑上龙身，怎样把刀插入龙颈。他把自己一直反复操练的动作演示给大家看，心里非常得意。

正当他说得兴高采烈、表演得尽兴的时候，一位老人突然问他："小伙子，你上哪儿去杀龙呢？"

"啊？"他像被迎头浇了一盆冷水，这才醒悟过来：世界上本没有龙，自己白白浪费了3年光阴，学的这一身绝技却毫无用处啊！

第十一章　学习是件终生的事情

智慧感悟

在现实生活和学习中，切勿脱离实际，切忌盲目行动，那样做费力费时，到头来却没有任何益处。学习的目的是最终能够应用，所以在开始学习时就要看清所学的知识能否指导自己的行动。如果是脱离实际的学问，即使能做到精通，也是毫无益处的。

有的人一辈子皓首穷经，苦读诗书，"两耳不闻窗外事，一心只读圣贤书"，但到头来仍然是一个不明事理、一事无成的书呆子；有的人虽然"才高八斗、学富五车"，但一进入社会后就四处碰壁，不让人喜欢，时时处处不顺心、不如意。类似这种情况，绝不是个别的例外，而是一种相当普遍的现象。

韦编三绝

春秋时的书，主要是以竹子为材料制造的，把竹子破成一根根竹签，称为竹简，用火烘干后在上面写字。竹简有一定的长度和宽度，一根竹简只能写一行字，多则几十个，少则八九个。一部书要用许多竹简，这些竹简必须用牢固的绳子之类的东西编连起来才能阅读。像《易》这样的书，当然是由许许多多竹简编连起来的，因此有相当的重量。

孔丘花了很大的精力，把《易》全部读了一遍，基本上了解了它的内容。不久又读第二遍，掌握了它的基本要点。接着，他又读了第三遍，对其中的精神、实质有了透彻的理解。在这以后，为了深入研究这部书，又为了给弟子讲解，他不知翻阅了多少遍。这样读来读去，把穿竹简的牛皮带子也给磨断了几次，不得不多次换上新的再使用。

即使读到了这样的地步，孔子还谦虚地说："假如让我多活几年，我就可以完全掌握《易》的文与质了。"

孔子学习之积极努力，不仅在于此，更在于他在时间上的"废寝忘食"：

孔子年老时，开始周游列国。在他64岁那年，来到了楚国的叶邑。叶县大夫沈诸梁，热情接待了孔子。沈诸梁人称叶公，他只听说过孔子是个有名的思想家、政治家，教出了许多优秀的学生，对孔子本人并不十分了解，于是向孔子的学生子路打听孔子的为人。

子路虽然跟随孔子多年，但一时却不知怎么回答，就没有作声。

以后，孔子知道了这事，就对子路说："你为什么不回答他'孔子的为人呀，努力学习而不厌倦，甚至于忘记了吃饭，津津乐道于授业传道，而从不担忧受贫受苦；自强不息，甚至忘记了自己的年纪'这样的话呢？"

智慧感悟

古希腊哲学家柏拉图主张一种"理念论"，认为神在创造人的时候就天然地赋予了他所有的理性，而我们的学习只不过是使自己"回忆"起自己原来知道但是后来忘记的东西。这种观点在中国古代哲人看来是不太容易理解的，庄子认为"吾生也有涯，而知也无涯，以有涯随无涯，殆已"，而孔子认为学习应当"每日三省吾身"，学习在于平时不断地努力与积累。孔子是中国古代最伟大的思想家、哲学家、教育家，但是他在治学求知方面对自己的要求还是非常严格的。这点他和古希腊最伟大的哲学家苏格拉底很像，两人都很有学问，却一直没放弃学习，甚至连吃饭的时间都不放过。"韦编三绝"和"废寝忘食"都是一种态度，一种对知识的求知的态度。圣人尚且如此，何况我们呢？

第十一章 学习是件终生的事情

人之为学，举一反三

一座高耸入云的山上有两座寺院——普济寺和光度寺。每日清晨，两个寺院都会分别派一个小和尚——明悟和明心，到山下的集市买菜，两人每天几乎同时出门，所以总能碰面，经常暗地比试彼此的悟性。

一天，明悟和明心又碰面了，明悟问："你到哪里去？"明心答："脚到哪里，我就到哪里。"明悟听他这样说，不知如何回答才好，站在那里默默无语。买完了菜，明悟回到寺院向师父请教，师父对他说："下次你碰到他就用同样的话问他，如果他还是那样回答，你就说：'如果没有脚，你到哪里去？'"明悟听完点头称是，高兴地走了。

第二天早上，他又遇到明心，他满怀信心地问："你到哪里去？"没想到这次，明心回答道："风往哪里去，我往哪里去。"明悟没料到他换了答案，一时语塞，又败下阵来。明悟回到寺院，将对方的回答再次报告给师父听，师父哭笑不得，说："那你可以反问他'如果没有风，你到哪里去'嘛，这是一个道理啊。"明悟听了以后，暗暗下了决心，明天一定要胜过明心。

第三天，他又遇到明心，于是又问道："你到哪里去？"明心笑了笑，说："我到集市去。"明悟又一次无言以对。回到寺院，明悟的师父听了之后，感叹："举一反三地'悟'才是真的'悟'啊。"

智慧感悟

孔子说："不愤不启，不悱不发，举一隅不以三隅反，则不复也。"意思是：不到他努力想弄明白而不得的程度不要去开导他；不到他心里明白却不能完善表达出来的程度不要去启发他。如果他不能举一反三，就不要再反复地给他举例了。

《易·系辞上》也说:"引而伸之,触类而长之,天下之能事毕矣。"这其实都在告诉人们一个简单的道理:人们在经过学习后,应该具备一种举一反三、触类旁通的能力,能由一个道理而推知其他的道理,做到这一点,就可以游刃有余地去掌握天下的学问了。

有人说做学问就像下棋,要有大眼界,只经营一小块地盘,容易失去大局。具备扎实的基础、广博的知识,并且能够举一反三、触类旁通,就能将学术的"棋盘"连成一片。

举一反三、深入思考能够激发出智慧的火花。说到底,这是一种创造性思维。创造性思维是大脑思维活动的高级层次,是智慧的升华,是大脑智力发展的高级表现形态。如果我们在思考问题时,能够运用这样的思维联想方式,那么知识和财富的宝库将会在不经意间向我们打开。

第十二章

做人低调，做事中庸

> 低调不是低人一等，不是一味地忍让，也不是与世无争；而是一种超越别人的智慧，是一种以退为进的攻伐之术，是一种不争而获的谋略。中庸不是随大流，不是睁一只眼闭一只眼，也不是圆滑老练；而是一种均衡之术，是一种不保守不偏激的态度，是一种以和为贵的生存智慧。低调是谦卑，学会在适当的时候保持适当的低姿态，绝不是懦弱的表现，而是一种智慧。做人保持谦卑，放下架子，不张扬，也不张狂，既是一种态度，也是一种作为；既是人生的一种品味，也是人生的一种境界。

水满则溢，月盈则亏

有一回，孔子带领弟子们在鲁桓公的庙堂里参观，看到一个特别容易倾斜翻倒的器物。孔子围着它转了好几圈，左看看，右看看，还用手摸摸、转动转动，却始终拿不准它究竟是干什么用的。于是，就问守庙的人："这是什么器物？"

守庙的人回答说："这大概是放在座位右边的器物。"

孔子恍然大悟，说："我听说过这种器物。它什么也不装时就倾斜，装物适中就端端正正的，装满了就翻倒。君王把它当作自己最好的警戒物，所以总放在座位旁边。"

孔子忙回头对弟子说："把水倒进去，试验一下。"

子路忙去取了水，慢慢地往里倒。刚倒一点儿水，它还是倾斜的；倒了适量的水，它就正立；装满水，松开手后，它又翻了，多余的水都洒了出来。孔子慨叹说："哎呀！我明白了，哪有装满了却不倒的东西呢！"

子路走上前去，说："请问先生，有保持满而不倒的办法吗？"

孔子不慌不忙地说："聪明睿智，用愚笨来调节；功盖天下，用退让来调节；威猛无比，用怯弱来调节；富甲四海，用谦恭来调节。这就是损抑过分，达到适中状态的方法。"

子路听得连连点头，接着又刨根问底地问道："古时候的帝王除了在座位旁边放置这种鼓器警示自己外，还采取什么措施来防止自己的行为过火呢？"

孔子侃侃而谈："上天生了老百姓又定下他们的国君，让他治理老百姓，不让他们失去天性。有了国君又为他设置辅佐，让辅佐的人教导、保护他，不让他做事过分。因此，天子有公，诸侯有卿，卿设置侧室之官，大夫有副手，士人有朋友，平民、工、商，乃至干杂役的皂隶、放牛马的牧童，都有亲近的人来相互辅佐。有功劳就奖赏，有错误就纠正，有患难就救援，有过失就更改。自天子以下，人各有父兄子弟，来观察、补救他的得失。太史记载史册，乐师写作诗歌，乐工诵读箴谏，大夫规劝开导，士传话，平民提建议，商人在市场上议论，各种工匠呈献技艺。各种身份的人用不同的方式进行劝谏，从而使国君不至于骑在老百姓头上任意妄为，放纵他的邪恶。"

子路仍然穷追不舍地问："先生，您能不能举出个具体的君主来？"

孔子回答道："好啊，卫武公就是个典型人物。他95岁时，还下令全国说：'从卿以下的各级官吏，只要是拿着国家的俸禄、正在官位上的，不要认为我昏庸老朽就丢开我不管，一定要不断地训诫、开导我。我乘车时，护卫在旁边的警卫人员应规劝我；我在朝堂上时，应让我看前代的典章制度；我伏案工作时，应设置座右铭来提醒我；我在寝宫休息时，左右侍从人员应告诫我；我处理政务时，应有瞽、史之类的人开导我；我闲居无事时，应让我听听百工的讽谏。'他时常用这些话来警策自己，使自己的言行不至于走极端。"

智慧感悟

一个容器，若装满了水，稍一晃动，水便溢了出来。一个人，若心里盛满了骄矜，便再也容纳不了新的知识、新的经验以及别人的忠告了。长此以往，事业或者止步不前，或者猝然受挫，故古人云："满招损，谦受益。"只有持盈若亏，你才能不断进步。

能屈能伸，无往不利

一次，滕文公面临强大的齐国将在邻国薛筑城时，内心非常恐慌，于是请教孟子"如之何则可"，即应该怎么做。孟子回答说："昔者大王居邠，狄人侵之，去之岐山之下居焉。非择而取之，不得已也。苟为善，后世子孙必有王者矣。君子创业垂统，为可继业。若夫成功，则天也。君如彼何哉！强为善而已矣。"孟子举出了周朝先祖太王的例子，即太王为避狄人的侵犯，体恤百姓，到岐山避难。意在劝谏滕文公面临强敌时，不要与人争强斗胜，而是自己勉励为善，巩固内部，然后自立图强。

孟夫子的话告诉我们，当我们遇到不测风云时，能站起来就站起来，站不起来就得见机振作，即要能屈能伸，不可撞得头破血流，这样就难有东山再起之日。进退皆宜，能屈能伸，人生之路才会越走越宽。还有这样一个故事：

孟买佛学院是印度最著名的佛学院之一，这所佛学院的特点是建院历史悠久，培养出了许多著名的学者。还有一个特点是其他佛学院所没有的，这是一个极其微小的细节，但是，所有进过这里的人，当他再出来的时候，几乎无一例外地承认，正是这个细节使他们顿悟，正是这个细节让他们受益无穷。

这是一个被很多人忽视的细节：孟买佛学院在它正门的一侧，又开了一个小门，这个小门只有1.5米高、0.4米宽，一个成年人要想过去，必须弯腰侧身，否则就会碰壁。

其实这就是孟买佛学院给它的学生上的第一堂课。所有新来的人，老师都会引导他到这个小门旁，让他进出一次。很显然，所有的人都是弯腰侧身进出的，尽管有失礼仪和风度，却达到了目的。老师说，大门虽然能够让一个人很体面、很有风度地出入，但很多时候，人们要出入的地方，并不是都有着方便的大门，或者，即使有大门也不是可以随便出入的。这时，只有学会了弯腰和侧身的人，只有暂时放下尊贵和虚荣的人才能够出入，否则，你就只能被挡在院墙之外了。

孟买佛学院的老师告诉他们的学生，佛家的哲学就在这个小门里。

智慧感悟

人生的哲学何尝不在这个小门里。人生之路，几乎是没有宽阔的大门的，所有的门都需要弯腰侧身才可以进去。因此，在必要时，要忍辱负重。

第十二章　做人低调，做事中庸

大丈夫要能屈能伸。能屈难，能伸也不容易。勾践灭吴的故事众所周知，当他被吴国打败，困于会稽山上时，可以说是遇到了人生道路上的一扇小门，他选择了弯腰和侧身通过这扇小门，卧薪尝胆，十年教训，励精图治，终于一举灭吴。这正是勾践能屈亦能伸的结果。

为人处世，参透屈伸之道，自能进退得宜，刚柔并济，无往不利。能屈能伸，屈是能量的积聚，伸是积聚后的释放；屈是伸的准备和积蓄，伸是屈的志向和目的；屈是手段，伸是目的；屈是充实自己，伸是展示自己。屈是圆通，是高超的处世技巧。因此，当屈则屈，当伸则伸才是我们应坚持的处世原则。

小事糊涂，大事清楚

郑板桥在潍县做官时题过几幅著名的匾额，其中最为脍炙人口的是"难得糊涂"这一块。据考，"难得糊涂"这4个字是郑板桥在山东莱州的云峰山写的。那一年郑板桥专程至此观郑文公碑，因盘桓至晚，不得已借宿于山间茅屋。屋主为一儒雅老翁，自命糊涂老人，出语不俗。他室中陈列了　方桌般大小的砚台，石质细腻，镂刻精良，板桥大开眼界。老人请板桥题字以便刻于砚背。板桥以为老人必有来历，便题写了"难得糊涂"4个字，用了"康熙秀才，雍正举人，乾隆进士"方印。

因砚台过大，尚有余地，板桥说老先生应写一段跋语，老人便写了："得美石难，得顽石尤难，由美石而转入顽石更难。美于中，顽于外，藏野人之庐，不入富贵之门也。"他用了一块方印，印上的字是"院试第一，乡试第二，殿试第三。"板桥大惊，知道老人是一位隐退的官员，细谈之下，方知原委。

有感于糊涂老人的命名，板桥当下见还有空隙，便也补写了一段："聪明难，糊涂尤难，由聪明而转入糊涂更难。放一着，退一步，当下安心，非图后来报也。"这就是"难得糊涂"的由来。

难得糊涂，糊涂难得，人的一生不必太较真，遇大事的时候分清轻重，小事糊涂一点，这样必能活得自在坦然。

吕端，北宋初期幽州人。他幼时聪明好学，成年后风度翩翩，对于家庭琐碎小事毫不在意，心胸豁达，乐善好施。一次，吕端奉太祖赵匡胤之命，乘船出使高丽。突然海上狂风大起，巨浪滔天，飓风吹断了船上的桅杆，船上其他人十分害怕，吕端却毫无反应，仍然十分平静地在那里看书。

宋太宗赵光义时代，吕端被任命为协助丞相管理朝政的参知政事。当时老臣赵普推荐吕端时，曾对宋太宗说："吕端不管得到奖赏还是受到挫折，都能够十分冷静地处理政务，是辅佐朝政难得的人才。"

宋太宗听后，便有意提拔吕端做丞相。有的大臣认为吕端"平时没有什么机敏之处"，太宗却认为："吕端大事不糊涂！"

终于，吕端成为宋太宗的宰相。在处理军国大事时，吕端充分体现出机敏、果敢的才能。每当朝廷大臣遇事难以决策时，吕端常常能较圆满地解决问题。

公元998年，太宗驾崩，李皇后与内侍王继恩等密谋废太子，"端知有变"，即将王继恩拘禁起来，辅佐宋真宗即位，挫败李皇后等人阴谋。

智慧感悟

在处理大事与小事的关系上，有人提出了一种论点：大事小事都精明——少；大事精明，小事糊涂——好；大事糊涂，小事精明——糟。在古罗马律法中就有"行政长官不宜过问细节"一条。在现实生活中，不仅仅是领导者，普通人也时时面对自己的大事和小事，我们也就没有必要老是在鸡毛蒜皮的事情上计较。

人的精力有限，如果事必躬亲会活得很累。诸葛亮在中国人的心目中是智慧的象征，但是他治理蜀国事必躬亲，最后活活累死了。而他死后不久，"蜀中无大将，廖化作先锋"，在三国中最先灭亡。

何为大事？影响全局的事为大事，决定整体的事为大事，范围内

第十二章 做人低调，做事中庸

的工作之重为大事，也就是说以结果来评价事之大小，而不是以事之大小决定。对于一个企业管理者来讲，不管其工作性质如何，内容多寡，其工作程序和本质是不变的。工作的关键环节和关键行为应视为大，在这些问题上，思路必须清楚，不能糊涂。

从另一个角度来说，一个人大事不糊涂，小事也精明，事事都按照自己的方式算计，就不可能拥有很多朋友，也不可能在团队中发挥最好的作用。诸葛亮是个至察的智者，魏延脑后的反骨都让他老人家看得一清二楚，结果，孔明先生不得不用马谡守街亭，不得不用廖化作为先锋。这就叫聪明反被聪明误吧。

做人做事且留余地

春秋时期，郑庄公准备伐许。战前，他先在国都组织比赛，挑选先行官。将士们一听露脸立功的机会来了，都跃跃欲试，准备一显身手。

首先进行的是击剑格斗，将士们都使出了浑身解数，争先恐后。经过轮番比试，选出了6个人，参加下一轮射箭比赛。在射箭项目上，取胜的6名将领各射3箭，以射中靶心者为胜。最后颍考叔与公孙子都打了个平手。

可先行官只有一位，所以，他们俩还得进行一次比赛。后来，庄公派人拉出一辆战车来，说："你们二人站在百步开外，同时来抢这部战车。谁抢到手，谁就是先行官。"公孙子都轻蔑地看了颍考叔一眼，哪知跑了一半时，公孙子都一不小心，脚下一滑，跌了个跟头。等爬起来时，颍考叔已抢车在手。公孙子都当然不服气，于是提了长戟来夺车。颍考叔一看，拉起车就飞跑出去，庄公忙派人阻止，并宣布颍考叔为先行官。公孙子都因此对颍考叔怀恨在心。

战争开始了，颍考叔果然不负庄公所望，在进攻许国都城时，手举大旗率先从云梯冲上许都城头。眼看颍考叔就要大功告成，公孙子都记起前事，竟抽出箭来，搭弓向城头上的颍考叔射去，一下子把没有防备的颍考叔射死了。

智慧感悟

所谓"花要半开，酒要半醉"，凡是鲜花盛开娇艳的时候，不是立即被人采摘而去，就是衰败的开始。颍考叔正是不知收敛，精明过头，才落得个惨死的下场。

糊涂是大智若愚，是另类的聪明，是岁月在一个人身上沉淀下来的大智慧。难得糊涂，是一种老谋深算的清醒，也是卧薪尝胆的大度，更是一种心中有数的正派。

难得糊涂，不是那种与世无争的软弱，而是退一步海阔天空的豁达；不是明哲保身的逃避，而是让三分风平浪静的睿智；不是苟且偷生的迂腐，而是真金不怕火炼的坚贞。

离相忍辱

有位青年脾气很暴躁，经常和别人打架，大家都不喜欢他。

有一天，这位青年无意中游荡到了大德寺，碰巧听到一位禅师在说法。他听完后发誓痛改前非，于是对禅师说："师父，我以后再也不跟人家打架了，免得人见人烦，就算是别人朝我脸上吐口水，我也只是忍耐地擦去，默默地承受！"

禅师听了青年的话，笑着说："哎，何必呢？就让口水自己干了吧，何必擦掉呢？"

青年听后，有些惊讶，于是问禅师："那怎么可能呢？为什么要这样忍受呢？"

禅师说:"这没有什么能不能忍受的,你就把它当作蚊虫之类的停在脸上,不值得与它打架,虽然被吐了口水,但并不是什么侮辱,就微笑地接受吧!"

青年又问:"如果对方不是吐口水,而是用拳头打过来,那可怎么办呢?"

禅师回答:"这不一样嘛!不要太在意!这只不过一拳而已。"

青年听了,认为禅师实在是岂有此理,终于忍耐不住,忽然举起拳头,向禅师的头上打去,并问:"和尚,现在怎么办?"

禅师非常关切地说:"我的头硬得像石头,并没有什么感觉,但是你的手大概扛痛了吧?"

青年愣在那里,实在无话可说,火气消了,心有大悟。

禅师告诉青年的是"忍辱",并身体力行,青年由此也会有所醒悟吧。禅师是心中无一辱,青年的心头火伤不到他半根毫毛。这就叫离相忍辱。

《金刚经》让我们忍辱时要离四相:"须菩提,忍辱波罗蜜,如来说非忍辱波罗蜜,是名忍辱波罗蜜。何以故?须菩提。无我相。无人相。无众生相。无寿者相。是故须菩提,菩萨应离一切相。"这就是说:忍辱也是多余的,根本就没有辱,你忍的是什么?行菩萨道,就要觉悟、平等、慈悲。受辱生嗔,斤斤计较,哪有什么慈悲可言?

智慧感悟

世界是不圆满的,不圆满就会有不如意,不如意就会有辱。在佛家看来,一切不如意就是辱,一切痛苦就是辱。

社会在发展,科技在进步,生活水平在提高,但唯独人类的辱和古代一样,没有变化。现代人并没有因物质的丰富而减少痛苦,相反,焦虑和苦闷反而与日俱增!

那么,受辱的后果是什么?是嗔心!嗔是一切逆境上发生的憎恚心,为恶业的根本。当一个人的嗔恨心来的时候,他的无名怒火就把自己烧得不行,坐立不安了,此时此刻说出来的话或做出来的事情,都会伤害到别人。

忍辱就是对付嗔恨心的。《金刚经》说一切法行成于忍，无忍辱则布施持戒均不能成就，可见忍辱的重要性了。大德高僧们认为"忍耐"与六度的"忍辱"是不同的，忍辱是没有"人相""我相"，忍耐则是君子报仇，十年不晚。

其实忍耐也未尝不可。既然不能轻易地忍辱，就把辱拿回去，慢慢研究研究，看看这个辱是什么东西。很多时候，在你想研究的时候，你根本就找不到辱了。

第十三章

生活的美好在于与人相处

  在人来人往，聚散分离的人生旅途中，与人交往是必不可少的。交往是搭建人与人之间沟通的桥梁。要生存，就离不开交往。交往无定法，贵在得法。

  不少人以划单人艇的心情去生活，着意去发展自己、表现自己，这样做本来也无可厚非，但在现实生活中，我们划的却是龙舟，成败得失都与我们每个人休戚相关，若不对他人施以援手，或做适当调节，终会造成连锁反应，祸及全体。就像一个乐团，每个演奏者使用的乐器不同，演奏的音域阶段也不同，但只要跟着指挥棒的节拍，就能合奏出美妙动听的乐曲，其实这不是简单的器乐合奏，而是人与人的心灵之间的和谐相处。

  让我们记住这个人生奥秘：生活的美好在于与人相处。

己所不欲，勿施于人

一个哲学家在海边亲眼目睹一艘船遇难，船上的人全部葬身大海。他便抱怨上帝不公，只为了一个罪恶的人偶然乘坐这艘船，竟让全船无辜的人都死去。

正当他感慨万分时，发现自己被一大群蚂蚁围住了，原来哲学家恰好站在一个蚂蚁窝旁边。有一只蚂蚁爬到他脚上，咬了他一口，又疼又恼的他立刻用脚踩死了所有的蚂蚁。这时，上帝出现了，他看着哲学家说："你自己也和上帝一样，如此对待众多可怜的蚂蚁，又有什么资格批判上帝的行为？"

人生在世，不仅要善待自己，更要善待别人。人往往是自私的，普通人大都有这样的通病：自己不愿意的，却推给别人。世界是由许多人组成的一个整体，人与人之间需要尊重和理解。你可能有权力非公平地对待其他人，但你这种非公平的态度，将会使你最终"自食其果"，因为别人也可能会用同样的方式对待你。

有一个"囚徒困境"的故事。

话说有一天，一位富翁在家中被杀，财物被盗。警方后来抓到了两个犯罪嫌疑人，并从他们的住处搜出被害人丢失的财物。但他们都矢口否认自己曾杀过人，辩称自己先发现富翁被杀，然后只是顺手牵羊偷了点儿东西。于是警方将两人隔离审讯。检察官分别对每个人说："你们的偷盗罪已经成立，所以可以判你们一年刑期。但是，我可以和你做个交易。如果你单独坦白杀人的罪行，我只判你3个月的监禁，但你的同伙要被判10年刑；如果你拒不坦白，而被同伙检举，那么你就将被判10年刑，他只判3个月的监禁；而如果你们两人都坦白杀人的罪行，那么，你们都要被判5年。"显然最好的策略是双方都抵赖，大家只判一年刑就可以了。但是由于两人处于隔离的情况下无法串供，

第十三章　生活的美好在于与人相处

这样两人都选择了坦白的策略。因此而分别被判刑 5 年。

智慧感悟

富勒说过，"向别人扔污物的人，把自己弄得最脏。"正说明了这两个囚徒的处境，己所不欲，却施于人，结果是两人都吃到了自己种下的苦果。

"你们愿意别人如何对待你们，你便要如何对待别人。"这是《圣经》中被称为最基本、最重要的道德准则——"黄金律"。

"己所不欲，勿施于人。"同时也就是"己所欲，施于人"。后来佛家思想传到中国，翻译为"布施"。施字前加一个布字，就是普遍的意思。佛家的布施和儒家恕道思想一样，所谓慈悲为本，方便为门，就是布施的精神。人生两样最难舍，一是财，一是命。只要有利于人世，把自己的生命财产都奉献出来，就是施。做到这一点确实很难，但身处人世间，仍要常怀慈悲心。

济人需济急时无

一次，子华替孔子出使齐国，冉有为子华的母亲向孔子请求补助一些谷子。孔子说："给她 6 斗 4 升。"冉有请求再增加一些。孔子说："再给她 2 斗 4 升。"最后冉有给了她 800 石谷子。孔子听到后，说："赤之适齐也，乘肥马，衣轻裘。吾闻之也：君子周急不济富。"意思是子华出使齐国穿着华丽，看得出他很有钱，而我听说过：君子救济有紧急需要的穷人，而不应去接济富人。

其实这并不说明孔子的小气，毕竟雪中送炭要强过锦上添花，因为"渴时一滴如甘露，醉后添杯不如无"！

周济要看准时机，即济人要济急。

战国时期，有一次中山国的国君遇到一位饥寒交迫的人，心中实在不忍，便主动用热水泡一些剩饭喂给他吃。这本来是一件小事，事情过后，中山君就将它忘得一干二净了，可是那人却深受感动，刻骨铭心，始终对中山君感恩戴德，临死之前他还嘱咐自己的儿子说："我能够活到现在都是中山君所救，将来如果中山君有难的时候，你们一定要尽全力去保护他。"后来，楚国攻打中山国，中山君无力抵抗，只好落难出逃，这人的两个儿子听说之后，一直紧随其左右，誓死保护他。对此，中山君感触颇深，他仰天长叹道："于不期众少，其于当厄。"

智慧感悟

中山君一饭之恩，换来以生命相护的结果，印证了济人当"雪中送炭"的道理。

济人于危难之中，才能解人"倒悬"之危。雪中送炭，恰一股清泉济人于口干舌燥之时。古谚云："赠人玫瑰手余香，雪中送炭心留暖。"有时一掷千金，也难以获得别人青睐，但有时候，虽然只有一餐之惠，竟能令人终生难忘。这是因为"锦上添花人人有，雪中送炭世间无；济人需济急时无，求人需求大丈夫"。就是施舍亦要看场面，用在适当的时机，才能达到效果。有智慧的人，当须如此作风，才能济世救人。

不以一时之荣辱取人

孔子谈到公冶长，说"可以把女儿嫁给他，他虽曾被关押，却是无辜的"，于是就把自己的女儿嫁给了他。

公冶长是曾经蒙冤，后来得到平反昭雪的人。这种人难免会遭受世俗的歧视和一些讽言恶语,一般人避之唯恐不及。孔子超脱世俗之偏见,不以一时之荣辱取人,而且还把女儿嫁给了他。

说此话时,孔子是已经赢得了普遍的社会声誉和身份地位的人。孔子能做出这样的决定,在当时实属难能可贵。在今天,若没有非凡的勇气和胆识,恐怕也难以做到。人生的遭遇有时是身不由己,一时的荣辱有可能只是假象。

《绎史·卷九十五》引《留青日札》里详细记载了关于孔子弟子公冶长的故事:

传说公冶长通晓鸟语。他生活贫困,经常没有粮食吃。有一次,一只鸟飞到他的房前,大声对他鸣叫着说:"公冶长!公冶长!南山有个虎驮羊,尔食肉,我食肠,当急取之勿彷徨。"公冶长听了之后,马上跑到南山,果然看见一只被虎咬死的山羊,于是拿了回来。后来,羊的主人在公冶长家里发现了羊角,就认为是他偷了羊,把他告到鲁国国君那里。公冶长将事情的经过说了一遍,但鲁国国君不信他懂得鸟语,将他关进了监狱。而孔子知道他的秉性,为他向国君申辩、求情。鲁国国君没有理会。孔子叹息着说:"公冶长虽然在监狱里,却是无辜的啊。"

过了几天,公冶长在狱中,听到上次那只鸟又叫道:"公冶长!公冶长!齐人出师侵我疆。沂水上,峄山旁,当亟御之勿彷徨。"他听后,马上将此事报告给了国君,国君仍然不相信他的话,但还是派人前去查看,结果真的发现了齐国的军队,于是发兵突袭,取得大胜。因此释放了公冶长,并给了他很多赏赐,还想让他做大官,公冶长坚辞不受,因为他觉得凭自己懂得鸟语获得官位是一种耻辱。

智慧感悟

看人不可以偏概全,不可以一时的荣辱取人。其实这是很难做到的,所以《大学》中有云:"好而知其恶,恶而知其美者,天下鲜矣。"而孔子却做到了这一点。按照一般人的观念,一个人只要进过监狱,不管是否冤枉,大家都会另眼相看,而孔子能抛弃世俗偏见,确实难能可贵。

戴着有色眼镜看人，就是带着固有的感情色彩，也就是带着成见去识别人。戴着有色眼镜看人，会使我们犯下许多错误，从而影响我们正常的人际关系。摘下"有色眼镜"，看一论一，以眼前论眼前，凭事实说话，对别人做出客观评价，这样才能使我们尽量不犯错。

识人，当用明眸、真心，方能准确、恰当。

处世有学问，相下则得益

在秦始皇陵兵马俑博物馆，一尊被称为"镇馆之宝"的跪射俑前总是有许多观赏者驻足，他们为跪射俑的姿态和寓意而感叹。导游介绍说，跪射俑被称为兵马俑中的精华，中国古代雕塑艺术的杰作。

仔细观察这尊跪射俑：它身穿交领右衽齐膝长衣，外披黑色铠甲，胫着护腿，足穿方口齐头翘尖履，头绾圆形发髻。左腿蹲曲，右膝跪地，右足竖起，足尖抵地。上身微左侧，双目炯炯，凝视左前方。两手在身体右侧一上一下做持弓弩状。据介绍：跪射的姿态古称之为坐姿。坐姿和立姿是弓弩射击的两种基本动作。坐姿射击时重心稳，省力，便于瞄准，同时目标小，是防守或设伏时比较理想的一种射击姿势。秦兵马俑坑至今已经出土清理各种陶俑1000多尊，除跪射俑外，皆有不同程度的损坏，需要人工修复。这尊跪射俑是保存最完整和唯一一尊未经人工修复的兵马俑，仔细观察，就连衣纹、发丝都清晰可见。

跪射俑何以能保存得如此完整？这得益于它的低姿态。首先，跪射俑身高只有1.2米，而普通立姿兵马俑的身高都在1.8米至1.97米之间。天塌下来有高个子顶着，兵马俑坑都是地下坑道式土木结构建筑，当棚顶塌陷、土木俱下时，高大的立姿俑首当其冲，而低姿的跪射俑受损害就小一些。其次，跪射俑为蹲跪姿，右膝、右足、左足三个支点呈等腰三角形支撑着上体，重心在下，增强了稳定性，与两足站立的立姿俑相比，更不容易倾倒而破碎。因此，在经历了2000多年的岁月风霜后，它依然能完整地呈现在我们面前。

智慧感悟

王阳明先生在谈到交友问题时曾说："处朋友，务相下则得益，相上则损。"意思是跟朋友打交道，互相谦抑自己，则能增加友谊；相反，若互相贬低对方，抬高自己，则会损害双方的情谊。

法国哲学家罗西法古也说过类似的话，他说："如果你要得到仇人，就表现得比你的朋友优越吧；如果你要得到朋友，就要让你的朋友表现得比你优越。"因为人人都有希望得到他人肯定的需求，如果你使得朋友感觉比你优越，他就会有一种被人肯定的感觉。这种感觉恰恰有利于双方感情的增进。也就是说，我们与人相处时，要保持低姿态，不要过分张扬自己。所谓的"低姿态"，讲的是我们在社会交往中所表现出的平和、谦逊、圆融及忍让等言行和情态。这种低姿态对于我们处理人际关系是必不可少的。

由跪射俑想到处世之道。初涉世的年轻人往往个性张扬，率性而为，不会委曲求全，结果可能是处处碰壁。而涉世渐深后，就知道了轻重，分清了主次，学会了内敛，少出风头，不争闲气，专心做事。就像跪射俑一样，保持生命的低姿态，避开无谓的纷争，避开意外的伤害，以求更好地保全自己、发展自己、成就自己。

明无晦则亡

唐德宗时杨炎与卢杞一度同任宰相。卢杞是一个除了逢迎拍马之外一无所长的阴险小人，而且脸上有大片的蓝色痣斑，相貌奇丑无比；而与卢杞同为宰相的杨炎，却满腹经纶，一表人才。

博学多闻、精通时政、具有卓越政治才能的杨炎,虽然具有宰相之能,性格却过于刚直。因此,像卢杞这样的小人,他根本就不放在眼里,从来都不屑与卢杞往来。为此,卢杞怀恨在心,千方百计想要算计杨炎。

正好节度使梁崇义背叛朝廷,发动叛乱,德宗皇帝命淮西节度使李希烈前去讨伐。杨炎认为李希烈为人反复无常,坚决阻挠重用李希烈。但是德宗已经下定了决心,对杨炎说:"这件事你就不要管了!"可是,刚直的杨炎并不把德宗的不快放在眼里,还是一再表示反对用李希烈,这使本来就对他有点不满的德宗更加生气。

不巧的是,诏命下达之后,正好赶上连日阴雨,李希烈进军迟缓,德宗又是个急性子,于是就找卢杞商量。卢杞便对德宗说:"李希烈之所以拖延徘徊,正是因为听说杨炎反对他的缘故,陛下何必为了保全杨炎的面子而影响平定叛军的大事呢?不如暂时免去杨炎宰相的职位,让李希烈放心。等到叛军平定之后,再重新起用杨炎,也没有什么大关系!"

卢杞的这番话看似为朝廷考虑,而且也没有一句伤害杨炎的话,德宗果然听信了卢杞的话,免去了杨炎的宰相职务。就这样,一味刚直的杨炎因为不愿与小人交往而莫名其妙地丢掉了相位。

智慧感悟

有成语曰"锋芒毕露",锋芒本是刀剑的尖端,它比喻显露出来的才干。古人认为,一个人若无锋芒,那就是提不起来,所以有锋芒是好事,是事业成功的基础,在适当的场合显露一下既有必要也是应当。

然而,锋芒可以刺伤别人,也会刺伤自己,运用起来应小心翼翼,平时应插在剑鞘中。所谓物极必反,过分外露自己的才华只会导致自己的失败。用违背道义、逢迎权势的态度来处世,固然会毁坏名气、丧失气节;但一味刚正不阿,不懂韬光养晦,最终只会祸害自己啊!因此,正直虽然是美好的品行,但为了更好地坚持正义和保存自己,必要的时候还是得收起锋芒,放低身架做人。

第十三章 生活的美好在于与人相处

成事不说，既往不咎

　　战国时期，楚国梁国交界，两国边境上各设界亭，亭卒们各自在空地里种了西瓜。梁国的亭卒非常勤劳，锄草浇水，瓜秧长得非常好，而楚国的亭卒十分懒惰，不务农事，西瓜的长势就不好，与梁国的瓜田有了天壤之别。楚国的亭卒们心生妒忌，于是他们在一个无月的夜晚，跑过境把梁国地里的瓜秧给扯断了。

　　第二天，梁国的亭卒发现此事非常气愤，将之上报给县令宋就，要求也去扯烂楚国的瓜秧，宋就说："这样做当然很解气，可我们明明不愿意他们扯断我们的瓜秧，为什么我们还要去扯断别人的瓜秧呢？明明他人做得不对，我们再跟着学，这实在太狭隘。"人们觉得他说的话很有道理，就问他该怎么办，宋就说："你们可以每晚给他们瓜秧浇水，让他们的瓜秧好起来。"梁亭的人听了宋就的话觉得很有道理，于是就照做了。

　　过了一段时间，楚国人发现自己的瓜秧长得一天好似一天，他们很奇怪，经过仔细观察，才发现原来是梁国人为他们浇的水，觉得非常惭愧，无地自容，上报楚王。楚王听了之后，特备厚礼送到梁国，表示酬谢，并以示自责，结果这一对敌国成了友好的邻邦。

智慧感悟

　　"得理且饶人"就是给对方留有余地，让他有个台阶下，为他留点面子。这样，对方会因为你的这一番好意而自责，进而反省，最后使之前的芥蒂烟消云散。宋就正是懂得得理且饶人的道理，以仁心容忍了他人的过失，从而修成了楚梁之好，可谓因小得大。

　　《菜根谭》说得好："滋味浓时，减三分让人食，路径窄处，退一步与人行。"做人做事都要留余地，尤其是要给自己留后路，不可把话说死，把事情做绝，更不能把人逼急。立身处世，须圆融之中显厚道，糊涂之中藏精明，敞开心扉后，仍有防暗箭之智勇，进退自如、游刃有余，方能把一切掌控于心。

与人相处，学会给别人留一点空隙，得理且饶人。任何矛盾，总是退一步海阔天空。要学会克制与隐忍，才能走出美好人生。

第十四章

人生得一知己，足矣

"平生知心者，屈指能几人?"这是唐朝诗人白居易的名言。交友难，交知己更难，所以白居易才会有如此慨叹。什么是知己？"知我心者谓我心忧"。所以能在茫茫人海中觅一知己而交之，是多么幸运而幸福的事。那么，我们怎样才能如愿以偿，交到知己知彼的知己呢？

朋友与奴隶：朋友的价值何在

在古希腊，有个人的朋友处境很贫困，而这个人却视而不见，不闻不问。苏格拉底听说这件事以后，就当着这个人和众人的面问安提斯泰尼斯：

"安提斯泰尼斯，朋友是不是也像奴隶一样，有其固定的价值？比如有的朋友也许无价，有的朋友则一文不值；据说尼克阿斯曾经为了买一个可以给他经管银矿的人，花了整整一褡裢的银子。那么是不是正像奴隶有一定的价值一样，朋友也有其一定的价值呢？"

安提斯泰尼斯回答说："的确如此。对我来说，有的人给我钱我也不会和他做朋友，有的人我可能会不惜一切代价，想尽一切办法，来争取他做我的朋友。"

苏格拉底说道："如果是这样的话，我们每一个人都得仔细反省一下，看看自己对于朋友的价值在哪里。每一个人都应当使自己对朋友有尽可能多的价值，免得被朋友所抛弃。经常有人在我面前说，自己被朋友抛弃了，朋友为了金钱而远离他。对于这种情况，就像一个一个无用的奴隶，人们不管能得到多少钱都情愿把他卖掉，人们也同样容易在能够得到更多价值的时候，把一个没有价值的朋友抛掉。我从来没有看到有人愿意把一个有用的奴隶卖掉，同样，对自己有价值的朋友谁愿意抛弃呢？"

智慧感悟

对于不同的朋友应有不同的评价。人们应当进行自我检查，确定自己在朋友心目中应当得到什么样的评价。如果你的存在对于朋友没有任何的意义与价值，那么朋友为什么要和你交往呢？只有对朋友有价值，才能对自己有价值。

规劝朋友，不可则止

春秋时的鲍叔牙和管仲是好朋友，二人相知很深。他们曾经合伙做生意，一样地出资出力，分利的时候，管仲总要多拿一些。别人都为鲍叔牙鸣不平，鲍叔牙却说，"管仲不是贪财，只是他家里穷。"

管仲几次帮鲍叔牙办事都没办好，三次做官都被撤职，别人都说管仲没有才干，鲍叔牙又出来替管仲说话："这绝不是管仲没有才干，只是他没有碰上施展才能的机会而已。"

更有甚者，管仲曾三次被拉去当兵参加战争而三次逃跑，人们讥笑他贪生怕死。鲍叔牙再次直言："管仲不是贪生怕死之辈，他家里有老母亲需要奉养啊！"

后来，鲍叔牙当了齐国公子小白的谋士，管仲却为齐国另一个公子纠效力。两位公子在回国继承王位的争夺战中，管仲曾驱车拦截小白，引弓射箭，正中小白的腰带。小白弯腰装死，骗过管仲，日夜驱车抢先赶回国内，继承了王位，称为齐桓公。公子纠失败被杀，管仲也成了阶下囚。

齐桓公登位后，要拜鲍叔牙为相，并欲杀管仲报一箭之仇。鲍叔牙坚辞相国之位，并指出管仲之才远胜于己，力劝齐桓公不计前嫌，用管仲为相。齐桓公于是重用管仲，果如鲍叔牙所言，管仲的才华逐渐施展出来，终使齐桓公成为春秋五霸之一。

智慧感悟

中国文化中友道的精神，在于"规过劝善"，这是朋友的真正价值所在，有错误相互纠正，彼此向好的方向勉励，这就是真朋友，但规过劝善，也有一定的限度。朋友的过错要及时指出，"忠告而善道之"，尽心劝勉他，让他改正错误，但实在没有办法时，"不可则止"，就不要再勉强了。

朋友都有其各自的优点和缺点，"规过劝善"固然好，也不应过度，否则便会失去朋友。让自己的眼睛多停留在朋友的长处上，这样既勉励了自己，又不至于走进友谊的误区。世人用"管鲍之交"来比喻君子之友谊，果真如此。

对待朋友需宽容，不要总盯着他们的缺点不放，应该更多地看到朋友的优点和长处。一个人要想赢得友谊，就要多看到对方的优点和长处。其实，每一个人都有长处，比如某人在事业上很有才气，但在生活中的能力却很差，那么，如果择其长处学习，你就会和对方建立友谊，和睦相处。相反，你睁开两眼看对方，要求对方什么都好，那么，最终你会失去友谊、失去朋友。闭一只眼看朋友，也是一种宽容的处世之道。如果某人从前曾冒犯过你，或做了对不起你的事，如他已认识到了错误，你也不妨闭上一只眼，让昨日的误会与冲突随岁月而流逝，这自然不是无缘无故的宽恕，而是一种风度，同时让对方认识到你有不凡的胸襟与气度。

睁一只眼，可以多看到对方的长处，闭一只眼，可以少看到对方的弱点。喋喋不休的规劝，只能使朋友离你越来越远。

如何帮助朋友

阿里斯托哈斯的亲朋好友逃到他家里躲避战乱，面对这么多人要养活，阿里斯托哈斯感到十分苦恼。

苏格拉底问他："为什么凯拉蒙有那么多人要养活，但是他不仅能够自给自足，还能够有那么多富余去交易买卖，成为一个殷实的富户？而你同样也是养活许多人，却担心大家饿死？"

阿里斯托哈斯回答："他所养活的是奴隶，而我所要养活的却是自由人。"

"这两种人中哪一种更好，是你的自由人，还是凯拉蒙的奴隶？"

阿里斯托哈斯回答："我想是我的自由人更好。"

苏格拉底问道："但是现在他那么富有，而你反倒身处困境，这岂不是很可耻的事吗？"

阿里斯托哈斯回答："的确如此，但他所要养活的是些手艺人，而我所要养活的却是些有教养的自由人。"

苏格拉底说道："难道因为他们是自由人而且是你的亲属，他们就应该无所事事吗？只知道吃喝睡觉的自由人会比那些干活的手艺人活得更幸福吗？是饱食终日无所用心，还是从事劳动更让人感觉幸福呢？是工作，还是游手好闲地一心贪图享受，更让人自由呢？

"照这样看来，我想你既不爱你的亲戚朋友，他们也不爱你，因为你觉得他们对于你是个负担，而他们也会感觉到你对他们的厌烦。这种情况将会变得越来越糟糕，你们之间的亲情与友情会逐渐变僵，甚至形同路人。

"但如果你组织他们工作，当你看到他们为你带来好处时，你就会喜欢他们，当他们看到你对他们满意时，他们也会喜欢你。当你们都以欢乐的心情回忆过去的友谊时，你们之间的关系会进一步增强，从而更加友好地和睦相处了。当然，如果他们是去做违法的事，那倒不如死了更好。但事实是他们所要做的事情都是正当的。不要再迟疑了，赶快叫他们去做吧，他们一定会喜欢的。"

过了一段时间，阿里斯托哈斯高兴地对苏格拉底说："现在大家都兴致勃勃，忙得不可开交，即使是吃饭的时候，还都一边吃一边干。过去的相互埋怨变成了现在的和气。"

然而当大家都在忙碌的时候，有人觉得阿里斯托哈斯没干活，在吃白饭。他把这个苦恼告诉苏格拉底，苏格拉底说为什么不把狗的故事讲给他们听呢？故事是这样的：

从前，当人和兽都会说话的时候，一只羊对它的主人说："我们给你提供羊毛、羊羔和奶酪，但除了我们从地里所得到的以外，却什么都得不到。而狗呢，什么活也不干，你却把自己的食物分给它。"这话被狗听到以后，就对羊说："我对着宙斯起誓，的确如此。不过难道不是我为你们驱除盗贼和豺狼的威胁吗？如果不是我在保护你们，恐怕你们还整天惴惴不安，过着朝不保夕的生活，连饭也吃不成。"所有的羊听到这话以后，就一致通过狗应享有优先权的决议。

同样道理，你也可以对你的亲朋好友说，你所处的地位就是狗的地位，是他们的督导者和保护者，正是由于你在这儿，他们才能够无忧无虑地安心工作。

智慧感悟

人是社会性的动物，谁也不可能脱离他人而独立生存。而我们要做成自己想做的事，朋友的帮助非常必要。无论处于怎样的人生境遇，朋友都是我们生活中所必不可少的。朋友需要帮助是不可避免的，但是帮助朋友并不是随便的、无原则的。一味地物质帮助，只能让其对自己产生依赖；一味地精神帮助，会让其感觉口惠而实不至。最好的办法可能就是苏格拉底的办法了。不仅让朋友得到真正的长久的帮助，而自己也不会感到过多的内疚。

友情也需要呵护和修补

一位原来与爱德华·齐格勒有着相当亲密友谊的朋友，开始与他疏远了，他俩之间仅存的只剩僵持和紧张。而矜持又使齐格勒不愿与这位朋友电话联系。

但忽然有一天，他很偶然地拜访了另外一位做了多年牧师和法律顾问的老朋友。交谈中，他们谈到了友谊，谈论着如今的友谊似乎比以前更为脆弱。在齐格勒话间以他自己与那位友人的友谊作例时，他对齐格勒说："友谊是很神秘的东西，有些会持续很久，有些则稍纵

第十四章 人生得一知己,足矣

即逝。"

眺望着窗外树木葱郁的佛蒙特群山,他用手指着附近的农场说:"那儿原本有一幢很庞大的仓库。一栋红颜色的房子附近,看上去像是一座大型建筑物倒塌后留下的废墟。

"它可能是19世纪70年代时造就的,本来非常结实牢固。随着当地人离开这里迁往中西部沃土区后,就坍塌了。它的房顶需要经常修补。后来却无人顾及它了。雨水从屋檐外面渗到里边,并浸入屋梁和立柱上面去。

"有天刮起了狂风,整幢仓库开始剧烈地摇晃。在这个地方就可以听到它发出的咯咯吱吱的声响,起初,那声音听上去似一艘破旧的帆船在水中挣扎;接着就传来咔咔嚓嚓的巨响;再后来就是一声震耳欲聋的轰响传了过来。眨眼工夫它便变成了一堆杂七乱八的废木料。"

这位朋友说他在脑子里将这仓库的倒塌想了许久许久,后来终于意识到建设房屋与建立友谊两者间有不少的共同之处:无论你的力量多么强大,成就多么显赫,但你的重要性完全维系并存在于你与别人的联系中。

"友谊需要关怀,"他说,"这同那仓库的屋顶需要维修一样。该写的信未动手,该致谢时却没有,对人失去信用以及与人争吵后不及时重归于好——所有这一切如同侵蚀木钉的雨水,势必会减弱栋梁之间的联结。"

朋友摇摇头说:"那本来是一栋很结实的仓库,修修补补并不费多大的事,可现在再也不可能重建了。"

下午齐格勒要告别时,朋友突然问道:"你不想用我的电话给那个朋友问个安吗?"

齐格勒回答说:"对,我应该用一下。真谢谢您的提醒。"

最后,他们又和好如初了。

智慧感悟

对于友情,卢梭曾说过:"拥抱朋友要像拥抱爱人那样,每拥抱一次都有不同的感受。"这里卢梭强调的是,我们要怀着对待爱人的心态去对待朋友。对于爱情，我们往往充满热情，用珍惜甚至怜惜的心态去呵护它。而对于友情，很多人就会大大咧咧，抱一种无所谓的态度。而卢梭告诉我们，友情与爱情对我们的人生同样重要，且友情同爱情一样，也需要我们去用心呵护和及时修补。

友谊需要用忠诚去播种，用热情去灌溉，用原则去培养，用谅解去护理。为了维护友谊，在不可收拾之前进行适当修补，比重建更加容易和有价值。

人在旅途，总是需要有几个朋友相伴而行，一是可以相互驱赶心头的寂寞；二是在遇到艰难险阻的时候，可以相互帮助、相互鼓励，一起与困难做斗争。友情就像我们的人生之路两旁开满的鲜花，使得奔波在路上的我们因为有了花香弥漫而不觉得辛苦。

人与人之间发生矛盾、冲突和不快是不可能完全避免的，但是，你可以运用开阔的心胸，去宽容他人；你可以用真诚的道歉，去感动他人；你还可以运用幽默，去化解一切的尴尬……因此，只要你以一颗善良、真诚的心灵，去追求和呵护一份友谊，你就能够得到别人友情的回报、真诚的帮助和尊敬，为你的人生之路点缀上一路花香。

朋友，幸福人生的拐杖

姚崇是唐玄宗时期有名的宰相。在他的朋友之中，有一位叫张宗全的秀才便是深谙为友之道的高手，并因此受益。

一次，老师要青年姚崇与张宗全就某个题目做一篇文章，两天之后交卷。他们下去都精心做了准备，将自认为写得最好的一篇交了上来。事有凑巧，姚崇与张宗全所写的内容几乎完全一样，且观点也相当一致。这如何不使老师为之恼火？没想到自己门下最得意的两个门生敢剽窃他人作品，这如何了得？

这时，姚崇据理力争，声明文章绝非剽窃。张宗全的作品也非剽窃他人，但他为了平息老师的怒火，就对老师说："前两天与姚崇兄论及此题，姚兄高谈阔论，学生深感佩服，遂引以为论。"

听到这番话，老师也知错怪了两位学生，就平息了心中怒火。事后姚崇为张宗全的广阔胸襟所感动。姚崇当宰相后，就向唐玄宗推荐此人，唐玄宗在亲自考核张宗全的才华之后，便封了他一个正三品官衔。

可见，朋友之间相互扶持，会帮助你抓住良好的机遇，成为你事业的靠山。

歌德与席勒是德国文学史上的两颗巨星，又是一对良师益友。虽然歌德和席勒年龄相差十几岁，两个人的身世和境遇也截然不同，但共同的志向让两人的友谊万古长青。他们相识后，合作出版了文艺刊物《霍伦》，共同出版过讽刺诗集《克赛尼恩》。席勒不断鼓舞歌德的写作热情，歌德深情地对他说："你使我作为诗人而复活了。"在席勒的鼓舞下，歌德一气呵成写出了叙事长诗《赫尔曼和窦绿蒂亚》，完成了名著《浮士德》第一部。这时，席勒也完成了他最后一部名著《威廉·退尔》。席勒死时，歌德说："如今我失去了朋友，所以我的存在也丧失了一半。"27年后，歌德与世长辞，他的遗体和席勒葬在一起。

人们为了纪念歌德和席勒以及追念他俩之间的友谊，竖立了一座两位伟人并肩而立的铜像。这座铜像见证着他们的友谊，也告诉我们：人与人相互依靠、相互扶助时，所拥有的力量是成倍增长的。

智慧感悟

清代文学家曹雪芹在《红楼梦》中曾说："万两黄金容易得，知心一个也难求。"所以有人就有这样的感叹：人生得一知己足矣！伟大的物理学家爱因斯坦也说："世间最美好的东西，莫过于有几个有头脑和心地都很正直的、严正的朋友。"

友谊是慷慨和荣誉的最贤惠的母亲，是感激和仁慈的姐妹，是憎恨和贪婪的死敌，它时刻都准备舍己为人。

生活中，朋友能够推动你事业的发展，帮助你实现自己的愿望，给你提供一个能够展示自我才华的机会和舞台。在你遭遇困境的时候，他还会帮你解困，充当"恩人"的角色，信赖和依靠你的朋友，你会早日走向成功的彼岸。

友情，如水亦如酒

在异乡漂泊的风雨中，两个有着相同经历的穷人相遇了，朝夕相处，他们情同手足，相扶相持。有一天，为了各自的梦想，他们不得不分道扬镳了。

一个穷人对另一个穷人说："如果现在我有钱，我最想给你买件礼物留作纪念。"另一个穷人也无限感慨地说："或是我们有一件随身物品相互交换也好，那么，我们便可以时时刻刻感觉到对方的存在。"

可他们什么也没有。然而就在那个秋意渐浓的午后，他们终于交换了一件礼物，各自心无遗憾地上路了。原来，他们交换了彼此的名字。

这也是动人的友情。如水一样淡，却有酒的醇香。

音乐大师舒伯特年轻时十分穷困，但贫穷并没有使他对音乐的热忱减少一丝一毫。为了去听贝多芬的交响乐，他竟然不惜卖掉自己仅有的大衣和上衣，这份狂热令所有的朋友为之动容。

一天，油画家马勒去看他，见他正为买不起作曲的乐谱纸而忧心忡忡，便不声不响地坐下，从包里拿出刚买的画纸，为他画了一天的乐谱线。

当马勒成为著名画家的时候，弟子问他："您一生中对自己的哪幅画最满意？"马勒不假思索地答道："为舒伯特画的乐谱线。"

智慧感悟

其实，生活中最感人的往往就是那一点热忱和一点情谊。

第十四章　人生得一知己，足矣

古人说得好："君子之交淡如水。"这一个"淡"字，摒弃了虚伪，演绎了理智，淡化了沉湎，将友情的尺度把握得恰到好处。有时，友情浓如酒，浓于血，透露出真挚和深厚；有时，它又淡如水，淡如烟，散发出微微却恒久的芬芳。

人生得一知己，足矣

子期、伯牙的相遇是一段传奇。伯牙一曲高山流水，与子期共享，不管沧海桑田，还是天上人间，他们用分享谱写了生命的乐章。

俞伯牙是春秋时期著名的音乐大师，被称为"琴仙"。这一日他坐船来到川江峡口处，突遇狂风暴雨。船夫速将船摇到一山崖下抛锚歇息，雨过风停，伯牙见这高山之间的川江有别样的风韵，不禁犯了琴瘾，就在船上借此情景弹奏起来。他正弹到兴处，突然琴弦断了一根。猛抬头，见不远处的山崖上有个樵夫，正立在那里注目聆听！伯牙问道："小哥怎么会在此处？"那人答道："小人打柴被暴雨阻于此崖。雨停正要回家，忽听琴声一片，不觉听上了瘾！"见樵夫如此说，伯牙高兴地问道："你既然听琴，可知老夫适才弹奏的是什么曲子？"樵夫说道："略知一二，方才大人所弹，乃是您见到山中川江在雨后的感慨。大人的琴音是那般昂扬雄伟，就像那巍峨的高山！有的琴音是那样浩浩荡荡，就像滔滔流水！"

俞伯牙心内一惊，心想：他比我自己的体会都深！遂惊喜万分，急忙推琴而起，拱手作揖道："真是荒山藏美玉，黄土埋明珠！老夫游尽五湖四海，遍访知音，今得遇小哥，此生心愿已了！"遂促膝谈心。通过交谈，俞伯牙才知道钟子期虽是个樵夫，可是学识渊博，深谙乐理，具有高尚的志趣和情操，便拉他面对青山作拜，结成刎颈之交。

然后，伯牙将自己刚才所弹之曲起名《高山流水》，以纪念与子期之交。次日，艳阳高照，长江口两人洒泪而别。约定来年春暖花开之际在此聚首，以叙衷肠。

时间飞逝，转眼到了约定日期，俞伯牙又驾舟来到长江口，却不见钟子期来与他会面。一打听才知道，子期已于年前病逝！伯牙听了顿时热泪长流。他来到子期的坟前，一曲《高山流水》之后，泪流满面地说："从此知音绝矣！"说完，他拿起琴朝钟子期墓前的石头用力一摔，琴身粉碎。

从此，俞伯牙终生不再弹琴。

山青青，水盈盈，弹一曲《高山流水》，震彻群山，激扬层浪。于是俞伯牙与钟子期共同欣赏这份相遇相知的真情。人生得一知己，足矣！那份默契与和谐是上天铸就的。

智慧感悟

《论语》开篇就是这样一句话："子曰：学而时习之，不亦说乎？有朋自远方来，不亦乐乎？人不知而不愠，不亦君子乎？"相信不用深入解释，每个人都能心领神会了。在这里，要着重强调第二句："有朋自远方来，不亦乐乎？"

一个人在为天下国家、千秋后代思想的时候，正是他寂寞凄凉的时候，有一个知己来了，那是非常高兴的事情。而这个"有朋自远方来"的"远"字，不一定是距离上相隔千山万水，更是形容知己之难得。

伯牙摔琴谢知音，一段催人泪下的故事，让人体悟到知己的可贵。鲁迅先生对瞿秋白以"人生得一知己足矣，斯世当以同怀视之"赠之，闻之让人心生羡慕。人世间有许多空虚伤痕，许多孤独苦痛，许多忧郁失落，许多悲欢激动，这都需要一个知心人与你共同分担，也只有知心人才会陪着你一起心痛，陪你共同抵御这世间的风雨、寒冷。

第十五章

善弈者谋局，不善弈者谋子

人和人之间的博弈就像下一盘棋。在下棋过程中，双方的棋子一般多，在力量上谁也不占优势，要取得胜利，就要看你如何把所有的棋子调动起来，形成有利于自己的格局和势态。当然，在现实生活中，战争双方的实力可能有所差别，有强弱之分，但是实力强弱未必是你胜出的决定性因素，因为对局博弈讲究的是相时而动、顺势而行，强调的是战略和战术的配合运用，而不是简单地硬碰硬，否则，历史上就不会有以弱胜强的战役，军事家也没有必要研究兵法了。

所以说，进退是人生的策略，攻守是人生的战局。对局一开始，你面对的就是整个棋盘，你要争取的是全局的优势，而不是计较一寸之得失，这就是战略。而进与退、攻与守，不过是围绕战略而展开的战术。所以，没有脱离战略的战术。游离于战略的一切战术，无论如何高明，都无助于整体局势的一切成果。在这里，人正如一名狙击手，枪固然重要，眼睛不亮，也是枉然。

智慧是勇气的底色

孔子的弟子子路有一次问孔子:"老师,假使你打仗,你带哪一个?你总不能带颜回吧?他营养不良,体力不够,你得带我吧?"

孔子听了子路的话,笑着骂他说:"暴虎冯河,死而无悔者,吾不与也。必也临事而惧,好谋而成者也。"意思是像你这种脾气,要打仗绝不带你,你像一只发了疯的猛虎一样,站在河边就想跳过去,跳不过也想跳,这样有勇无谋怎么行?

一个人无论想成就什么事,都要将勇和谋结合起来,既要胆识过人,又要善谋善断。

战国时期,秦赵之间曾发生"完璧归赵"的故事,故事的主角是蔺相如。因为没有得到和氏璧,秦王怀恨在心,连续两次伐赵,杀了两万多人,然后又主动与赵国和好,约赵王在渑池相会。见面后,秦王就趁机羞辱赵王,他在酒酣耳热之际对赵王说:"寡人窃闻赵王好音,请鼓瑟。"赵王怯于秦国的势力,无奈只好奏了一曲,鼓瑟之后,秦御史立刻记入史册:"某年月日,秦王与赵王会饮,令赵王鼓瑟。"

蔺相如看了,心里非常愤怒,便以牙还牙,他对秦王说:"赵王窃闻秦王善为秦声,请奏盆缶,以相娱乐。"秦王大怒,不肯,相如进缶跪请。秦王仍然不肯击缶,相如便威胁说:"五步之内,相如请得以颈血溅大王矣!"于是"秦王不怿,为一击缶"。秦王迫于无奈,很不高兴地击打了一下瓦盆,相如立刻要赵御史记录在案:"某年月日,秦王为赵王击缶。"这样,我为你鼓瑟,你为我击缶,双方就扯平了。

蔺相如以牙还牙的招数可谓大智,而以缶相逼的姿态就是大勇,大智大勇的结合,使他完成了一件难办的事,从而保全了赵国的尊严。可见,勇与谋完美结合,则大事可成。

第十五章　善弈者谋局，不善弈者谋子

智慧感悟

勇与谋，自古以来，就涉及人类思想和活动的方方面面。如果说谋代表思想，那么勇则代表行动。脱离了指导思想的行动，就似暗夜行路，寸步难行。而没有行动的空想，就是历代兵家引以为戒的纸上谈兵，于人于己都毫无用处。其实很多时候谋与勇就是一体两面，一些人在具备大谋的同时都有大勇。有谋无勇不能称之为大谋，有勇无谋也不能称之为大勇。大谋与大勇互为表里，互相依附，只有达到谋勇兼备的人，才是真正具有大谋大勇的人。

大凡成功的人，都能将勇气和谋略进行完美的结合。一个敢作敢为的人，只有同时拥有一个多计善谋的头脑，才能成为真正的强者。一个有勇无谋的人，即使毫无畏惧，雄心勃勃，但是没有谋略，鲁莽行事，只会把事情弄得一团糟；反之，一个有谋无勇的人，虽然胸有千秋大计，但是没有勇气去行动，最后也只会一事无成。

等距离外交，夹缝中求生存

清朝末年，陈树屏做江夏知县的时候，张之洞在湖北做督抚。张之洞与湖北巡抚谭继洵关系不太融洽，遇事多有龃龉。谭继洵就是后来大名鼎鼎的"戊戌六君子"之一谭嗣同的父亲。

有一天，张之洞和谭继洵等人在长江边上的黄鹤楼举行公宴，当地大小官员都在座。其间，有人谈到了江面宽窄问题，谭继洵说是5里3分，曾经在某本书中亲眼见过。张之洞沉思了一会儿，故意说是7里3分，自己也曾经在另外一本书中见过这种记载。

二人相持不下，在场僚属难置一词。双方借着酒劲儿吵了起来，互不相让。于是张之洞就派了一名随从，快马前往当地的江夏县衙召

县令来断定裁决。知县陈树屏,听来人说明情况,急忙整理衣冠飞骑前往黄鹤楼。他到了以后刚刚进门,还没来得及开口,张、谭二人同声问道:"你管理江夏县事,汉水在你的管辖境内,知道江面是7里3分,还是5里3分吗?"

陈树屏对两人的过节已有所耳闻,听到他们这样问,当然知道他们这是借题发挥。但是,这两个人他谁都得罪不起,所以肯定任何一人都会使自己陷入困境。他灵机一动,从容不迫地拱拱手,平和地说:"江面水涨就宽到七里三分,而水落时便是五里三分。张制军是指水涨而言,而中丞大人是指水落而言。两位大人都没有说错,这有何可怀疑的呢?"张、谭二人本来就是信口胡说,听了陈树屏这个有趣的圆场,抚掌大笑,一场僵局就此化解。

所谓等距离外交,也就是指无论在工作或生活上,你与所有的人都大致保持相同的距离,大都处于关系均衡的状态。因为你处在夹缝中,任何一方你都得罪不起,不采取这种博弈策略,你就会面临危险。

其实,类似故事中陈、张、谭之间的博弈情况在现实生活中也屡见不鲜。比如,你的两个朋友为了小事发生了争执,你已经明显感到其中一个是对的,而另一个是错的,现在他们点名要你判定谁对谁错,你该怎么办?

这种为了小事发生的争执,影响他们做出判断的因素有很多。而不管对错,他们相互之间都是朋友。如果你当面说一个人的不是,不但会极大地挫伤他的自尊心,让他在别人面前抬不起头,甚至很可能会因此失去他对你的信任;而得到支持的那个朋友虽然当时会感谢你,但是等他明白过来,也会觉得你帮了倒忙,使他失去了与朋友和好的机会。

俗话说得好,"人无千日好,花无百日红"。彼此的矛盾毕竟不同于敌我,他们不会永远仇视下去。例如,古人苏秦就曾讲过这样一个故事:

一个在外为官的小吏,其妻与人私通,到了小吏回家的日子,其妻很担忧,就和通奸者商议对策,决定用药酒毒死小吏。小吏回家的那天,其妻就让小妾端着药酒递上去。小妾已知他们的奸计,想说出酒中有毒,又怕得罪女主人;不说出来,又怕药酒毒死男主人。无奈只好端着酒假装失手摔在地上。小吏见状十分恼火，就痛打了小妾一顿。小妾对小吏一片忠心，却遭他痛打。表面看虽不合情理，但对处于劣势的小妾来说，这不愧为一种明智的做法。

智慧感悟

人们有时会无端地被卷入对立的两派之间，而两边又都得罪不起，但是你又不能不表明态度和立场。这时候，就得用点博弈智慧：等距离外交，谁也不得罪。这是于夹缝中求生存的高招。

学会了等距离外交，你的处世水平就上升到了一个更高的档次。英文中有一句谚语叫作：涉入某件事比从该事脱身容易得多，这可以说是对等距离外交的博弈智慧的一种反向总结。

狐假虎威：巧借他人之势

在茂密的森林里，老虎是最凶猛的野兽，号称森林之王。它每天都要捕吃其他动物。一天，老虎肚子饿了，便跑到外面寻觅食物。当它走到一片茂密的森林时，忽然看到前面有只狐狸正在散步。它觉得这正是个千载难逢的好机会，于是，便一跃身扑过去，毫不费力地将它擒了过来。

狡猾的狐狸看见自己无法逃脱，就耍了一个花招。它一本正经地斥责老虎说："哼！你不要以为自己是百兽之王，便敢将我吞食掉。你要知道，我是天帝任命来管理所有的野兽的，你要吃了我，就是违抗天帝的命。"老虎听了狐狸的话半信半疑，可是，当它斜过头去，看到狐狸那副傲慢镇定的样子，心里不觉一惊。原先那股嚣张的气焰和盛气凌人的态势，竟不知何时已经消失了大半。虽然如此，它心中仍然在想："我是百兽之王，天底下任何野兽见了我都会害怕。而它，竟然是奉天帝之命来统治我们的！"

这时，狐狸见老虎迟疑着不敢吃它，知道它对自己的那一番说辞已经有几分相信了，于是便更加神气十足地挺起胸膛，然后指着老虎的鼻子说："怎么，难道你不相信我说的话吗？那么你现在就跟我来，走在我后面，看看所有的野兽见了我，是不是都吓得魂不附体、抱头鼠窜。"老虎觉得这个主意不错，便照着去做了。

于是，狐狸就大模大样地在前面开路，而老虎则小心翼翼地在后面跟着。森林里大大小小的野兽们发现狐狸后面张牙舞爪的老虎时，不禁大惊失色，狂奔四散。

这时，狐狸很得意地掉过头去看看老虎。老虎看着四散逃跑的野兽，不知道野兽们怕的是自己，以为真是被狐狸的威风吓跑的，彻底相信了狐狸的话。它怕狐狸怪罪自己，做出什么对自己不利的举动，于是也慌忙逃走了。

智慧感悟

"借力打力"是太极的一个招式，就是借用对手之力给以还击。在自身实力不占优势的情况下，巧妙借用对手实力照样可以呼风唤雨。人与人之间的实力是有差别的，有些先天条件是无法弥补的，但这并不意味着弱势的一方就注定会失败，强者就会胜利。在竞争中，劳心者治人，劳力者治于人，聪明的心理战才是取得胜利的关键。人非草木，攻心为上，是人就有心理弱点，抓住对手的心理弱点，再强大的对手也会被打败，历史上以弱胜强的战例不胜枚举。

做事要有全局的观念，面对复杂多变的形势，我们必须学会利用现有的资源，正确分析自己的以及他人的能力，要能看到别人的长处，并且能为自己所利用，不能意气用事，为逞一时之快而误大事。

第十五章　善弈者谋局，不善弈者谋子

放眼未来，切勿因小失大

公元前431年，数百个城邦卷入了规模空前的"希腊世界大战"，战火几乎波及当时整个地中海文明世界。以斯巴达为首的伯罗奔尼撒同盟和雅典同盟这两大城邦集团，一个在陆上称雄，一个在海上称霸，双方巧施权谋，展开长期的拉锯战。

在与伯罗奔尼撒同盟的战争中，雅典所耗甚大，为了补充自己的实力，于公元前415年，雅典人向西西里岛发起了进攻，他们以为战争会给他们带来财富和权力。但是不知是他们本身短视，还是被想象中的利益冲昏了头脑，他们根本没有考虑到战争的危险性和西西里人抵抗战争的顽强性。由于求胜心切，战线拉得太长，他们的力量被分散了，再加上来自伯罗奔尼撒同盟的战争压力，他们更难以应付了。

最终，在西西里和伯罗奔尼撒同盟的双重攻击之下，雅典这个历史上最伟大的海上帝国走向了覆灭。

智慧感悟

在修昔底德的传世之作《伯罗奔尼撒战争史》中，我们看到了一个王国的覆灭。如果雅典不是被想象中的利益冲昏了头脑而向西西里发动战争，也不会在后来面临腹背受敌的困境，而最终走向覆灭。在雅典和伯罗奔尼撒同盟以及西西里的博弈中，雅典人因为短视而为自己带来灭顶之灾，不得不令人叹息。

我们经常感觉自己是考虑到未来才采取行动的，但感觉经常会欺骗自己，那些自认为依据对未来的判断来行事的人，事实上只是屈服于欲望，沉湎于自己的想象而已。被欲望蒙蔽了双眼的人，他们的目标往往不切实际，会随着周围状况的改变而改变。

因此，为了避免陷入因小失大的博弈陷阱，我们必须具备预见未来的本事，时刻保持清醒的头脑，考虑到一切存在的可能，根据变化随时调整自己的计划。世事变幻莫测，一旦未来会出现的种种可能得到了检验，就应该确定自己的目标，同时要明智地为自己准备好退路。实现自己的目标可以有多种途径，不要抓住一个不放。

做任何事都要建立在对未来有所预见的基础上，这样你也可以很好地控制自己的情绪，而且比较不容易受到其他情况的诱惑。许多人做事功亏一篑就是因为对未来没有预见，头脑模糊，意识不明确。

有的人认为自己可以控制事态的发展，但是在实施的过程中往往因为思想模糊不清而失败。他们计划得太多，不懂得随机应变，没有预见的计划是没有什么好处的。未来是不确定的，计划在不确定因素面前无能为力，所以，必须拥有确定的目标和长远的计划，并且要随机应变。

预见未来的能力是可以通过实践探索慢慢培养的。要有明确的目标，但必须实事求是地对客观现状进行分析评估；计划要周密，模糊的计划只能让你在麻烦中越陷越深。

皮洛斯的胜利：得不偿失

公元前280年，古希腊伊庇鲁斯国王皮洛斯在意大利战场上同罗马人作战。皮洛斯是一个很有军事才能的统帅，他是亚历山大的远亲。他梦想以亚历山大为榜样，在地中海地区建立一个大帝国。这一年，罗马军队向南意大利的希腊人发动进攻，南意大利向皮洛斯求助。皮洛斯率领大军抵达南意大利，他的军队包括2万名重装兵，2000名射手和3000名骑手，还有第一次出现在意大利土地上的20头战象，这些战象经过特殊训练，作战时由一个象奴驾驭，象背上站着4个手持长矛的士兵，冲锋时威力很大。

第十五章　善弈者谋局，不善弈者谋子

在赫拉克列城附近，罗马军团和皮洛斯展开第一次激烈的会战。训练有素、作战勇敢的罗马士兵经受住了皮洛斯枪兵、骑兵的强大冲击，双方七战未决胜负。正当双方人喊马嘶浴血奋战的时候，皮洛斯的战象勇猛出击。罗马人的战马被这些巨象吓得四处逃窜，罗马士兵纷纷后退。皮洛斯乘机轮番冲锋，罗马人大败，死伤7000多人，被俘2000多人。第二年4月，皮洛斯再次进攻罗马。会战在奥斯库伦城展开。罗马人集结了7万人的军队，并且发明了一种配着炭火的战车。他们相信动物是怕火的，而且选择了有利的地形——一片森林作为自己的步兵、骑兵方阵。但皮洛斯巧妙地引蛇出洞，把罗马人逼到一块平原上。经过数日的激战，罗马士兵在大象脚下死伤惨重。罗马人失去了6000人，还有他们的执政官。皮洛斯也损失惨重：损失3500人，本人也受了轻伤。虽然皮洛斯胜利了，但他也不得不叹息道："如果再来一次胜利，谁也不能跟我回国了。"从此，"皮洛斯的胜利"比喻实际上接近失败的胜利。

智慧感悟

一旦遇到骑虎难下的情况时，一种策略就是及早地退出游戏，否则损失将会越来越惨重；另一种策略就是妥协，以暂时的谋和来减少成本损失，为明天的投资保存实力。在历史中，那些不懂进退的人终究都尝到了失败的苦头！

皮洛斯的胜利，又称为得不偿失的胜利。因为他为了取得胜利，付出太多，以至于回报和付出不成比例！但是，有时候为了让对方放弃和自己战争，不得不故意制造困难，让对方增加开支成本，让对方觉得得不偿失，迫使他主动放弃！

战争如此，市场竞争如此，甚至我们的日常生活也都要面临着一个成本和效益的问题。理想的状态是以尽可能小的成本换取尽可能大的效益，但是无论历史还是现实中许多的选择并不理想。

第十六章

钱,到底有什么魔力

> 契诃夫说过,金钱并不就是幸福,一个人即使贫穷也能幸福。虽然金钱是一种有用的东西,但是,只有在你觉得知足的时候,它才会带给你快乐,否则的话,它除了带给你烦恼、使你内心失衡外,毫无意义。有人将金钱视为罪恶的源泉,其实,钱本身并没有错,错的仅仅是人们对于金钱的态度。

因小利而忘命，成大事而惜身

冯谖是孟尝君的食客，因为饭桌无鱼，便弹铗而歌。后来他被孟尝君的诚意与谦逊所感动，终于为其利益而奔走。

有一次，孟尝君想从门客中选一人代他到薛邑（孟尝君的封地）收债，冯谖主动申请前往。孟尝君很高兴，便同意了。冯谖收拾停当之后，向孟尝君辞行，并请示："收完债，您需要买些什么东西吗？"孟尝君顺口答道："先生看我家里缺什么，就买些什么吧！"

冯谖驱车来到薛邑，他派人把所有负债之人都召集到一起，核对完账目后，他便假传孟尝君的命令，把所有的债款赏给负债诸人，并当面烧掉了债券，百姓感激不已。

冯谖随即返回，一大早便去求见孟尝君，孟尝君没料到他回来得这么快，半信半疑地问："债都收完了吗？"冯谖答："收完了。""那你给我买了些什么回来呢？"孟尝君又问。冯谖不慌不忙地答道："您让我看家里缺少什么就买什么，我考虑到您有用不完的珍宝、数不清的牛马牲畜，美女也很多，缺少的只有'义'，因此我为您买'义'回来了。"孟尝君不知其所云，忙问"买义"是什么意思。冯谖就把债款赐薛民的事说了，并补充说："您以薛为封邑，却对那里的百姓像商人一样盘剥刻薄，我假传您的命令，免除了他们所有的债，并把债券也烧了。"孟尝君听罢心里很不高兴，只得悻悻地说："算了吧！"

一年后，孟尝君由于失宠被新即位的齐王赶出国都，只好回到薛邑。往日的门客都各自逃散了，只有冯谖还跟着他。当车子距薛邑还有上百里远时，薛邑百姓便已扶老携幼，夹道相迎。孟尝君好生感慨，回头对冯谖说："先生您为我所买的'义'，我今天终于看见了！"

第十六章 钱，到底有什么魔力

智慧感悟

元代的一位文人曾作《正宫·醉太平》，"夺泥燕口，削铁针头，刮金佛面细搜求，无中觅有。鹌鹑嗉里寻豌豆，鹭鸶腿上劈精肉，蚊子腹内刳脂油，亏老先生下手"。这是讥讽贪小利者，其刻画真是入木三分，令人拍案叫绝。也许有夸张之嫌，但也足够引人思考。

以小利而大喜或者大悲，结果是因小利而忘命，成大事而惜身，若一生为小利而蝇营狗苟，则终将一事无成。人生如梦，弹指一挥间。在这个过程中，无数人为蝇头小利算来算去，终究一事无成，如一粒尘土来到世间，庸碌过后，仍旧是尘归尘。它到来那刻，世界似乎在打盹，没有被它激起一点涟漪。因此，要想在短暂的人生中成就一番大事业，必须迈过小利的陷阱，将眼光放长远，才能真正有所作为。

钱，到底有什么魔力

伟大的戏剧家莎士比亚写过一部著名的悲剧《雅典的泰门》：

雅典富有的贵族泰门慷慨好施，在他的周围聚集了一些阿谀奉承的"朋友"，无论穷人还是达官贵族都愿意成为他的随从和食客，以骗取他的钱财。泰门很快家产荡尽，负债累累。那些受惠于他的"朋友们"马上与他断绝了来往，债主们却无情地逼他还债。泰门发现同胞们的忘恩负义和贪婪后，变成了一个愤世者。

他宣布再举行一次宴会，请来了过去的常客和社会名流。这些人误以为泰门原来是装穷来考验他们的忠诚，蜂拥而至，虚情假意地向泰门表白自己。泰门揭开盖子，把盘子里的热水泼在客人的脸上和身上，把他们痛骂了一顿。从此，泰门离开了他再也不能忍受的城市，躲进荒凉的洞穴，以树根充饥，过起野兽般的生活。有一天他在挖树根时发现了一堆金子,他把金子发给过路的穷人、妓女和窃贼。在他看来,虚伪的"朋友"比窃贼更坏,他恶毒地诅咒人类和黄金,最后在绝望中孤独地死去。

在这部悲剧中,莎士比亚借泰门之口大发感慨:

金子!黄黄的、发光的、宝贵的金子!

这东西,只这一点点儿,

就可以使黑的变成白的,丑的变成美的;

错的变成对的,卑贱变成尊贵;

老人变成少年,懦夫变成勇士。

呵,你是可爱的凶手,

帝王逃不过你的掌握,

亲生的父子会被你离间!

你灿烂的奸夫,

淫污了纯洁的婚床……

说白了,钱就是货币,是一种充当一般等价物的特殊商品,它可以作为价值尺度、流通手段、储蓄手段、支付手段和世界货币等发挥作用,它可以用来购买其他任何商品。难怪有人说:"有钱能使鬼推磨。"

在美国人安比尔斯编撰的《魔鬼辞典》中对金钱的诠释是:"金钱是一种祝福,不过只有在离开它之后我们才能受益。金钱是有文化修养的标志,也是进入上流社会的通行证。"把实用主义奉为圭臬的美国微软公司对财富与金钱有着特殊的喜好,他们认为财富是上帝赐予的礼物。洛克菲勒说:"这是我心爱的独生子,我非常喜欢他。"另一位美国大亨摩根则说:"这是对辛劳与美德的奖赏。"人生在世,如何对待金钱,为我们赢取幸福和快乐呢?

在犹太人中间,流传着这样一个故事:

一天,一个拥有无数钱财的吝啬鬼去他的拉比那儿乞求祝福。

拉比让他站在窗前,让他看外面的街上,问他看到了什么,他说:"人们。"

拉比又把一面镜子放在他面前,问他看到了什么,他说:"我自己。"

拉比解释说:"窗户和镜子都是玻璃做的,但镜子上镀了一层银子。单纯的玻璃只能让我们看到别人,而镀上银子的玻璃却只能让我们看到自己。"

智慧感悟

钱,到底有什么魔力?为什么人们常说"钱不是万能的,但没有钱是万万不能的"?得到了金钱,就等于拥有幸福了吗?金钱的魅力可以转移人的眼光、灵魂,难怪有人说:"有些人是金钱的奴隶。"

哲学家史威夫特曾说过:"金钱就是自由,但是大量的财富却是桎梏。"如果我们把金钱当作上帝,它便会像魔鬼一样折磨身心。

君子爱财,取之有道

战国时期,孟子名气很大,府上每日宾客盈门,其中大多是慕名而来求学问道之人。有一天,接连来了两位神秘人物,一位是齐国的使者,一位是薛国的使者。对他们,孟子自然不敢怠慢,小心周到地接待他们。

齐国的使者给孟子带来赤金100两,说是齐王的一点小意思。孟子见其没有下文,坚决婉拒了齐王的馈赠。使者灰溜溜地走了。

过了一会儿,薛国的使者也来求见。他给孟子带来50两金子,说是薛王的一点心意,感谢孟子在薛国发生兵难时帮了大忙。孟子吩咐手下人把金子收下。左右的人都很奇怪,不知孟子葫芦里装的是什么药。

其中有一位弟子问孟子:"齐王送您那么多的金子,您不肯收;薛国才送了齐国的一半,您却接受了。如果您刚才不接受是对的话,那么现在接受就是错了，如果您刚才不接受是错的话，那么现在接受就是对了。"

孟子回答说："都对。在薛国的时候，我帮了他们的忙，为他们出谋设防，平息了一场战争，我也算个有功之人，为什么不应该受到物质奖励呢？而齐国人平白无故给我那么多金子，是有心收买我，君子是不可以用金钱收买的，我怎么能收他们的贿赂呢？"

左右的人听了，都十分佩服孟子的高明见解和高尚操守。

智慧感悟

名利与钱财为世人所钟爱。但是人不能违背自己的良心与道义去拿不属于自己的东西，不义之财就算被你拿到了，将来也会要你10倍于它去偿还。

人生的辩证法是无情的，有得必有失，得到的越多，失去的也就越多。过于贪心的人不仅享受不到幸福，而且弄不好最终还会把自己的性命也搭进去，这绝不是危言耸听，而是有事实为证的。很多人对"君子爱财，取之有道"产生了质疑，从而选择邪道走下去，一步步迈向黑暗的沼泽地，到了万劫不复之时，才发现自己曾经拥有最珍贵的幸福——自己动手，丰衣足食。

岳飞曾赞一匹千里马："受大而不苟取，力裕而不求逞，致远之材也。"它食量大而不苟取，拒食不精不洁之物，力量充裕而不逞一时之能，称得上负重致远之才。人亦是如此，不义之财勿纳，不正之道勿走，只有这样才能肩负重任，有所成就。

在这个世界上，财富本身并没有任何颜色，只是因为追求的方式不同，让财富有了"金色"或"灰色"，甚至"黑色"等不同的颜色，但只有阳光下的财富才是最明亮、最干净的。

孔子对财富也有自己的看法："富与贵，是人之所欲也，不以其道得之，不处也；贫与贱，是人之所恶也，不以其道得之，不去也。君子去仁，恶乎成名？君子无终食之间违仁，造次必于是，颠沛必于是。"意思是说，发财、做官是人人都想得到的，不用正当的方法得到

第十六章　钱，到底有什么魔力

的，不要接受；贫穷和地位低贱是人人厌恶的，不用正当方法摆脱的，就不要摆脱。君子扔掉了仁爱之心，怎么能成就君子的名声？君子时时刻刻都不离开仁道，紧急时不离开，颠沛时也不离开。其中也蕴含了君子只取正义之财的道理。君子爱财，取之有道，这是一个正人君子所应秉持的金钱观。

不义富且贵，于我如浮云

美国石油大王洛克菲勒出身贫寒，在他创业初期，人们都夸他是个能干的小伙子。当财富像贝斯比亚斯火山流出的岩浆似的流进他的口袋里时，他变得贪婪、冷酷。深受其害的宾夕法尼亚州油田地方的居民对他深恶痛绝。有的受害者做了他的木偶像，亲手将"他"处以绞刑。无数充满憎恶和诅咒的威胁信涌进他的办公室。连他的兄弟也十分讨厌他，特意将儿子的遗骨从洛克菲勒家族的墓地迁到其他地方，他说："在洛克菲勒支配下的土地内，我的儿子变得像个木乃伊。"

由于洛克菲勒为追求财富操劳过度，身体变得极度糟糕。医生们终于向他宣告了一个可怕的事实：以他身体的现状，他只能活到50多岁，并建议他必须改变拼命赚钱的生活状态，他必须在金钱、烦恼、生命三者中选择其一。这时，他才开始醒悟到是贪婪控制了他的身心，他听从了医生的劝告，退休回家，开始学打高尔夫球，上剧院去看喜剧，还常常跟邻居闲聊，经过一段时间的反省，他开始考虑如何将庞大的财富捐给别人。

于是，他在1901年设立了"洛克菲勒医药研究所"；1903年成立了"教育普及会"；1913年设立了"洛克菲勒基金会"；1918年成立了"洛克菲勒夫人纪念基金会"。他不再做钱财的奴隶，他喜爱滑冰、骑自行车与打高尔夫球。90岁时他依旧身心健康，耳聪目明，日子过得很愉快。他逝世于1937年，享年98岁。他死时只剩下一些标准石油公司的股票，其他的产业都在生前捐掉或分赠给继承者了。

智慧感悟

假如只把追逐金钱作为人生唯一的目标，人就会变成一种可怜的动物，就会被金钱这种自己所制造出来的工具捆绑起来，不得自由。对待金钱必须要拿得起、放得下，赚钱是为了活着，但活着绝不是为了赚钱。

金钱并不是唯一能够满足心灵的东西，虽然它能为心灵的满足提供多种手段和工具，但在现实生活中，人不能只顾享受金钱而不去享受生活。

享受金钱只能让自己早日堕落，而享受生活却能够使自己不断品尝人生的幸福。享受金钱会使自己的心智被金钱束缚住，从而整天为金钱所困惑，为金钱而痛苦，生活便会沦为围绕一张钞票而上演的闹剧。懂得享受生活的人则不在乎自己有多少金钱，多可以过，少一样可以过，问题在于自己能够处处感悟到生活。懂得享受生活的人会感觉人生是无限美好的，于是越活越有劲。

我役物，而不役于物

哲学史上不仅汇集了各种各样的思想，也汇集了各种各样的哲学家。他们有的严于律己，有的醉心于学，有的舍己为人，当然也有讲求享乐的哲人。古希腊的阿里斯提波就是这样一个人，他的身上充满了市侩气息。

说起来，阿里斯提波还是苏格拉底的学生，与柏拉图是同学，甚至比柏拉图入门还早。当时，苏格拉底盛名远播，阿里斯提波被吸引到雅典。后来，阿里斯提波创立了享乐主义哲学，主张一个人享受物质的同时做到不被物质支配，即"我役物，而不役于物"。

其一言一行无时无刻不在体现着这一原则。

为了追求物质享受，阿里斯提波投靠了雅典的僭主狄奥尼修，每日游走宫廷，讨好达官显贵。

狄奥尼修想嘲弄一下阿里斯提波，就故意问他："为什么哲学家会去富人家里，而富人从不拜访哲学家呢？"

阿里斯提波回答道："智者知道他需要什么，而富人不知道他需要什么。"

狄奥尼修问阿里斯提波："那你为什么离开了苏格拉底来投靠我？"

阿里斯提波说："我需要智慧时，就去苏格拉底那里。现在我需要钱财，就来你这儿。你看，我是用自己有的东西换没有的东西。"

狄奥尼修曾让他从3个妓女中挑选一个，他要下了全部3个，还说，"帕里斯因为三挑一付出了昂贵代价"。而当他把她们带到门廊时，他又放她们走了。他之所以这样做既是出于自己的选择也是出于轻蔑。

传说有一次第欧根尼洗菜时看见他路过，于是嘲讽他说："如果你学会了以这个为食的话，你就用不着拍国王马屁了。"对此他回答："如果你知道怎样跟别人打交道的话，你就用不着洗菜了。"有人问他从哲学得到了什么，他回答："在任何社会中都过得舒适的能力。"一次，有人问他哲学家有什么优点，他回答说："如果所有法律都废除了的话，我们仍会像现在一样生活。"

智慧感悟

哲学家并不都是古板严肃的，他们不是圣徒，更不是装模作样的卫道士，而是活生生的凡人，人的优点和缺点在哲学家身上一样会表现出来，只不过会因为其哲学信念而在某一方面表现得更加夸张而已。**阿里斯提波就是人屈服于欲望的极端例子。**

在阿里斯提波看来，物欲并不是什么可怕的东西，相反，人们必须依靠物欲来生活。而实际上，人的欲望是不可能完全满足的，所以人不能回避对物欲的渴求，更不能被欲望所压倒。物欲的满足给人带来安逸的生活。在他看来，学习哲学的目的是在任何社会中都过得很舒适。的确，他做到了这一点，并且自己活得还很惬意。

第十七章

要生活得写意

　　生活中许多人总是把活得太累、活得太烦的原因归结为外界,却不明白"心情的颜色决定世界的颜色"这个道理。同样的困境,如果用乐观的态度去对待,也可以感到轻松愉悦;如果用悲观的态度去对待,就会感到悲不自胜。尽管阿Q精神有点可笑,但是有点阿Q精神,能够自娱自乐的人,将生活得更快乐一些。

　　不要认为只有轰轰烈烈的事情,才是最光荣、最值得骄傲的事。珍爱每一天的阳光,善待每一种生命,开心地过每一天的生活,让心徜徉在诗意的气氛中,让自己生活得写意,才是对生命最好的理解,才是最有意义的生活。

遇事要豁达

宋神宗年间，大文豪苏东坡被小人诬陷，当有人告诉苏东坡他的诗被检举揭发了的时候，他却笑道："这下不愁皇帝看不到我的诗了。"入狱后的一天夜里，他正要入眠，忽有人走进囚室，放下一条被子做枕头，倒地便睡。苏东坡以为他是新来的囚犯，未予理会，只管安睡。不料在天快亮时，那人推醒东坡，对他说："恭喜，你安心吧，不用愁了。"

原来那人是皇上派到狱中观察东坡的太监，他回宫里禀报："苏轼很安静，夜间睡得很沉。"神宗点头说："我知道他问心无愧。"不久，苏轼就被释放出狱了。

可见，一个内心豁达之人，俯仰之间对得起天与地，便了无怨恨、苦闷、忧愁。

豁达是一种博大，它能包容人世间的喜怒哀乐；豁达是一种境界，它能使人生跃上新的台阶。

第二次世界大战结束后不久，在一次大选中，丘吉尔落选了。他是个名扬四海的政治家，对他来说，落选当然是件极狼狈的事，但他却极坦然。当时他正在自家的游泳池里游泳，是秘书气喘吁吁地跑来告诉他："不好，丘吉尔先生，您落选了。"不料丘吉尔听了却爽朗地一笑说："好极了，这说明我们胜利了，我们追求的就是民主，民主胜利了，难道不值得庆贺吗？朋友，劳驾，把毛巾递给我，我该上来了。"

智慧感悟

丘吉尔是那么从容、那么理智，只说了一句话，就成功地表现了一种极豁达的大政治家的风范。

什么是豁达？法国 19 世纪的文学大师雨果曾说过这样一句话："世界上最宽阔的是海洋，比海洋宽阔的是天空，比天空更宽阔的是人的胸怀。"在生活中学会豁达，你便能明白很多道理。

人生在世，我们不能左右天气，但可以改变自己的心情；我们不能改变容貌，但可以绽放笑容；我们不能改变环境，但可以改变自己。

忙碌的目的是提高生活的质量

美国 IMG 公司聘用了一位精力充沛的女业务员，负责在高尔夫球场及网球场上的新人当中发掘明日之星。美国西岸有位网球选手特别受她赏识，她决定招揽对方加盟 IMG 公司。从此，纵使每天在纽约的办公室忙上 12 小时，她依然不忘时时打电话到加州，关心这个选手受训的情形。他到欧洲比赛时，她也会趁着出差之际抽空去探望他。有好几次，她居然连续 3 天都未合眼，忙着飞来飞去，追踪这个选手的进步状况，尽管手边还有一大堆积压已久的报告。可悲的事终于在法国公开赛上发生了。照原定日程，这位女业务代表不必出席这项比赛，但是她说服主管，为了维持与那位年轻选手的关系，她要求到场。主管勉强应允，但要求她得在出发前把一些紧急公务处理完毕。结果，她又几个晚上没合眼。

最后，她终于乘上了飞往巴黎的飞机，但时差及重大赛事产生的压力感随之而来，这位非常积极能干的女士到最后已是大脑空空。抵达巴黎当天，在一个为选手、新闻界与特别来宾举行的宴会上，她依旧盯着那位美国选手，并且时时为他引见一些要人。当时是瑞典名将柏格独领风骚的年代，他刚好又是 IMG 公司的客户，也是那位年轻选手的偶像，自然她就介绍了他俩认识，然而，令人难堪的事发生了。柏格正在房间与一些欧洲体育记者闲聊，她与年轻选手迎上前去。

对方望向这边时，她说："柏格，容我介绍这位……"天哪！她居然忘了自己最得意的这位球员的姓名！她实在是精疲力竭，过度疲劳使她大脑刹那间一片空白。好在柏格有风度，尽力设法打圆场，解决了尴尬场面。可是，这位年轻选手却面红耳赤、张口结舌，心中很难过。从此，他再也不相信 IMG 的业务代表是真心对他了。

可悲的是，她一片苦心，却由于疲劳过度这单纯的因素而造成无可挽回的失误。她发掘的这位选手后来果真打入世界排名前十名，却从此再也不是 IMG 公司的客户了。

智慧感悟

世界著名企业家福特说过这样一句话："只知工作不知休息的人，就如没有刹车的汽车，其险无比。而不知工作的人，则和没有引擎的汽车一样，没有丝毫用处。"

不会休息的人也不会工作，一刻不停地忙碌只会透支你的生命，降低你做事的效率。要想减少生活中的压力，我们便要学会休息。休息是工作的一部分，更是生活极为重要的一部分。我们要明白，工作的目的是提高生活的质量，玩命地工作换来的只是财富的积累、健康的透支。只有彻底地享受生活和放松自己，保证身体的健康，才能更好地追求事业、财富，以及生命中所有的幸福。

恐惧由心生

从前，有一个国家处置俘虏的手段非常残忍。一次，一个俘虏被告知第二天将被处以极刑，行刑的方式是在他手臂上割一个口子，让他流尽鲜血而亡。俘虏惊恐之至，百般哀求，但无济于事，他在恐惧中度过了漫长的一夜。

第十七章　要生活得写意

次日一早，俘虏被带到一个房间中，卫兵用铁链子把他锁在一堵墙上，墙上有个小孔，刚好可以把一只胳膊伸进去。刽子手把他的一条胳膊从孔中穿过，在墙的另一边，用刀子在俘虏的手上割开一个口子，在他这只手的下边放着一个瓦罐用来盛滴下来的血。

当时俘虏惨叫一声，随后便听到"滴答，滴答……"的声音，血一滴滴地滴在瓦罐中，四周异常安静，滴血的声音格外突出。

墙这边的俘虏就这样静静地听着自己的血一滴一滴地滴在瓦罐中，顿时感觉手冰凉，仿佛浑身的血液都在向那条胳膊涌去，越来越快地流向那个瓦罐，他甚至感觉到瓦罐快被滴满了。俘虏害怕极了，浑身止不住地颤抖，不一会儿，他的意志也彻底崩溃了，无力地瘫软下来，竟然死了。

其实，在墙的另一边，他手上的那个小口子早就止住了血。刽子手在旁边的桌子上放着一个大水瓶，水瓶中的水正通过一个细小的滴管滴在那个俘虏手臂下的瓦罐中。

智慧感悟

真正的恐惧不是恐惧本身，而是人心理的恐惧，当恐惧攻克脆弱的心理防线，人的每一个细胞都充满了恐惧，一丁点儿恐惧都会被无限放大。真正杀死人的不是恐惧，是人脆弱的意志。

人们常说，惩罚一个人最好的方法不是让他的肉体受到摧残，而是让他的精神受到折磨。的确是这样的，肉体的疼痛可以克服，精神的痛苦却是无法消除的，它就像慢性毒药，一点点侵蚀着人的意志力，最终使人彻底放弃了抵抗。恐惧常常给我们带来不可抑制的害怕，但是，恐惧真的如此可怕吗？其实，真正可怕的是我们脆弱的心灵。我们在心理上一点点地接受恐惧，屈服于恐惧，不给坚强任何的空间，最后这空间里荡满的都是恐惧。

恐惧的力量就是这么的强大，它不但摧毁你的意志力，更能夺去你的生命。生活中，无论我们遇到身体的疼痛还是精神的痛苦，都要用坚强的意志来克服、来支撑自己。只要你自己不打倒自己，那么连上帝也无法让你屈服。

宠辱不惊，从容淡定

宋代苏东坡在江北瓜州地方任职，和江南金山寺只一江之隔，他和金山寺的住持佛印禅师经常谈禅论道。一日，苏轼自觉修持有得，撰诗一首，派遣书童过江，送给佛印禅师印证，诗云："稽首天中天，毫光照大千；八风吹不动，端坐紫金莲。"八风是指人生所遇到的"嗔、讥、毁、誉、利、衰、苦、乐"八种境界，因其能侵扰人心情绪，故称之为风。

佛印禅师从书童手中接过，看了之后，拿笔批了两个字，就叫书童带回去。苏东坡以为禅师一定会赞赏自己修行参禅的境界，急忙打开禅师之批示，一看，只见上面写着"放屁"两个字，不禁无名火起，于是乘船过江找禅师理论。船快到金山寺时，佛印禅师早站在江边等待苏东坡，苏东坡一见禅师就气呼呼地说："禅师！我们是至交道友，我的诗、我的修行，你不赞赏也就罢了，怎可骂人呢？"禅师若无其事地说："骂你什么呀？"苏东坡把诗上批的"放屁"两字拿给禅师看。禅师哈哈大笑说："言说八风吹不动，为何一屁打过江？"苏东坡闻言惭愧不已，自认修行不够。

智慧感悟

《易经》第十履卦讲道："初六，鸣豫，凶。"初六爻是豫卦的第一位，"鸣豫，凶"：自鸣得意，高兴过头，必遭凶险。全卦一开始就强调了欢乐也要有节制，不能只看到眼前的一点收获就骄傲自满，得意忘形，这样必然会遭凶险。做人要学会宠辱不惊，得意之时不忘形，失败则继续努力，无论怎样的上升和降落，都应泰然处之，从容淡定地面对人生。

《菜根谭》里说："宠辱不惊，闲看庭前花开花落；去留无意，漫随天外云卷云舒。"为人能视宠辱如花开花落般的平常，才能"不惊"；视职位去留如云卷云舒般变幻，才能"无意"。"闲看庭前"大有"躲进小楼成一统，管他冬夏与春秋"之意；"漫随天外"则显示了目光高远，不似小人一般浅见的博大情怀；一句"云卷云舒"又隐含了"大丈夫能屈能伸"的崇高境界。对事对物，对功名利禄，失之不忧，得之不喜，正是"淡泊以明志，宁静以致远"。

上善若水，厚德载物

古代，一位官员每天忙忙碌碌，不得清闲，时间久了，他心中生了很多烦恼，对工作也倦怠起来。苦恼无处排解，他便来到一位禅师的法堂。

禅师静静地听完了此人的倾诉，将他带入自己的禅房之中，禅房的桌上放着一瓶水。禅师微笑着说："你看这只花瓶，它已经放置在这里许久了。虽然它每天都被放在同一个位置，但是瓶中的鲜花每天都在更换，它必须以同样的状态将水分与养料供给，这是一种不动声色的静态忙碌。在这里，几乎每天都有尘埃灰烬落在花瓶里面，但它依然澄清透明。你知道这是何故吗？"

此人思索良久，仿佛要将花瓶看穿，忽然他似有所悟："我懂了，所有的灰尘都沉淀到瓶底了。"禅师点点头："世间烦恼之事数之不尽，有些烦恼越想排解越挥之不去，那就索性淡然处之。就像瓶中的水，如果你厌恶地摇它，会使一瓶水都不得安宁，混浊一片；如果你愿意慢慢地、静静地让它们沉淀下来，用宽广的胸怀去容纳它们，这样，心灵并未因此受到污染，反而更加纯净了。"官员恍然大悟。

智慧感悟

　　保持瓶中水的静止，也是保持自己内心的安定。保持一颗平常心，和其光，同其尘，愈深邃愈安静。生活中的我们，养成一种如水的心态，容纳万物，也容纳自我的烦恼。水至柔而有骨，执着能穿石，以"天下之至柔，驰骋天下之至坚"；齐心合力，激浊扬清，义无反顾；灵活处世，不拘泥于形式，因时而变，因势而变，因器而变，因机而动，生机无限；清澈透明，洁身自好，纤尘不染；一视同仁，不平则鸣；润泽万物，有容乃大，通达而广济天下，奉献而不图回报。

　　人生在世，若能将水的特性发挥得淋漓尽致，可谓完人，正是"上善若水，厚德载物"，才能在忙碌的生活中获得欢喜，否则，便会因为忙碌而失去发掘幸福的心情。记住，忙碌是一种生活状态，但不应该成为心灵的常态。若只能从忙碌中体会到烦恼与纷扰，便很难体验到游刃有余、自由洒脱的心境。在忙碌的世俗生活中，保持一种平常心，将忙碌的劳累与不快沉淀到心底，并用岁月将其风干成一种曾经奋斗的记忆，才是得享生活与工作的绝妙方法。

第十八章

快乐藏在我们心里

> 快乐是什么？不同的人有不同的回答，有的人说快乐是一种满足，有的人说快乐是一种刺激，还有的人说快乐是财富、成功、鲜花和荣誉……其实真正的快乐是一种心境，是一种为营造和保持某种心境做出的正确选择。
>
> 快乐地工作，快乐地生活，是每个人都向往的理想状态。有时候你之所以觉得快乐遥不可及，并不是你缺乏快乐的理由，而是你太执着于眼前的烦恼。把心胸放宽一些，把眼界放广一点，一切顺其自然，安详自在。站起身，你将与快乐抱个满怀。

快乐藏在我们心里

上帝把一捧快乐的种子交给幸福之神,让她到人间去撒播。

临行前,上帝仍不放心地问:"你准备把它们撒在什么地方呢?"

幸福之神胸有成竹地回答说:"我已经想好了,我准备把这些种子放在最深的海底,让那些寻找快乐的人,经过惊涛骇浪的考验后,才能找到它。"

上帝听了,微笑着摇了摇头。

幸福之神思考了一会儿,继续说:"那我就把它们藏在高山之上吧,让寻找快乐的人,通过艰难跋涉才能发现它的存在。"

上帝听了之后,还是摇了摇头。

幸福之神茫然无措了。

上帝意味深长地说:"你选择的这两个地方都不难找到。你应该把快乐的种子撒在每个人的心底。因为,人类最难到达的地方,就是他们自己的心灵。"

智慧感悟

"有些人累积金钱换取财富,智者累积快乐,与人分享仍取之不竭。"快乐是种子,它能生出更多的快乐。生活里有着许许多多美好的事物、许许多多的快乐,关键在于我们能不能发现。而要发现它,关键在自己。

可见,快乐就在我们心里。当你跋山涉水寻找快乐时,为什么不去自己心里找一找?真正的快乐是发自内心的,你不需要戴着灿烂的笑容面具,就已显得容光焕发了。找到快乐唯一要做的就是摒弃你心中的忧虑、欲望、抱怨和仇恨。

第十八章　快乐藏在我们心里

从容面对人生，快乐自然盈心

县城老街上有一家铁匠铺，铺里住着一位老铁匠。时代不同了，如今已经没人再需要他打制的铁器，所以，现在他的铺子改卖拴小狗的链子了。

他的经营方式非常古老和传统。人坐在门内，货物摆在门外，不吆喝，不还价，晚上也不收摊。你无论什么时候从这儿经过，都会看到他在竹椅上躺着，微闭着眼，手里是一只半导体收音机，旁边有一把紫砂壶。

当然，他的生意也没有好坏之说。每天的收入正够他喝茶和吃饭。他老了，已不再需要多余的东西，因此他非常满足。

一天，一个文物商人从老街上经过，偶然间看到老铁匠身旁的那把紫砂壶，因为那把壶古朴雅致，紫黑如墨，有清代制壶名家戴振公的风格。他走过去，顺手端起那把壶。壶嘴内有一记印章，果然是戴振公的。商人惊喜不已，因为戴振公在世界上有捏泥成金的美名，据说他的作品现在仅存3件：一件在美国纽约州立博物馆；一件在中国台湾"故宫博物院"；还有一件在泰国某位华侨手里，是那位华侨1993年在伦敦拍卖市场上，以56万美元的拍卖价买下的。

商人端着那把壶，想以10万元的价格买下它，当他说出这个数字时，老铁匠先是一惊，然后很干脆地拒绝了，因为这把壶是他爷爷留下的，他们祖孙三代打铁时都喝这把壶里的水。

虽然壶没卖，但商人走后，老铁匠有生以来第一次失眠了。这把壶他用了近60年，并且一直以为是把普普通通的壶，现在竟有人要以10万元的价钱买下它，他转不过神来。

过去他躺在椅子上喝水，都是闭着眼睛把壶放在小桌上，现在他总要坐起来再看一眼，这种生活让他非常不舒服。特别让他不能容忍的是，当人们知道他有一把价值连城的茶壶后，来访者络绎不绝，有的人打听还有没有其他的宝贝，有的甚至开始向他借钱。他的生活被彻底打乱了，他不知该怎样处置这把壶。当那位商人带着20万现金再一次登门的时候，老铁匠没有说什么。他招来了左右邻居，拿起一把斧头，当众把紫砂壶砸了个粉碎。

智慧感悟

《论语·八佾第三》篇中，孔子这样评论《诗经·关雎》："关雎，乐而不淫，哀而不伤。"孔子认为，《关雎》诗篇快乐而不过分，悲哀而不伤痛。它将理性与情感自然交融，使得理欲调和，合为一体，乐从中出，礼自外作，治乐以治心。

孔子对《关雎》一诗的评价，体现了其"思无邪"的艺术观，表达了他对情感控制的看法，即凡事讲求适度的"中和之美"。《关雎》是写男女爱情、祝贺婚礼的诗，与"思无邪"本不相干，但孔子却从中认识到"乐而不淫、哀而不伤"的中庸思想，认为无论哀与乐都不可过分，有其可贵的价值。做人如果也能达到《关雎》情感调和的境界，便是至真至善了。

面对人生，不以物喜，不以己悲，宠辱不惊，方能安之若素。而《关雎》中的人生就是一种"乐而不淫，哀而不伤"的诗意人生。

老铁匠是真正体悟到了人生的本质，他的心中已没有名利等身外之物的束缚，只想从容、安静地生活，因此，他才没有一丝犹豫地砸了别人眼里的宝贝，从而活出了自己的诗意人生。

林语堂先生说："我总以为生活的目的即是生活的真享受……是一种人生的自然态度。"保持一颗平常心，波澜不惊，生死不畏，于无声处听惊雷，超脱眼前得失，不受外在情感的纷扰，喜怒哀乐，收放自如，才能体会到"采菊东篱下，悠然见南山"的自在。

诗意人生，不是玩世不恭，更不是自暴自弃，而是一种达观，一种洒脱，一份人生的成熟，一份人情的练达。学会享受诗意人生才不会终日郁郁寡欢，才不觉得人生活得太累，才能够诗意地栖息在这片生存的空间。

第十八章　快乐藏在我们心里

安定情绪，解脱自己

　　古时，有位妇人经常为一些琐碎的小事生气，她也知道这样不好，便去求一位高僧为自己谈禅说道，开阔心胸。

　　高僧听了她的讲述，一言不发，把她领到一座禅房中，上锁而去。妇人气得跳脚大骂。骂了许久，高僧也不理会。妇人转而开始哀求，高僧仍不听。妇人终于沉默了。高僧来到门外，问她："你还生气吗？"

　　妇人说："我只为我自己生气，我怎么会到这个地方来受罪呢？"

　　"连自己都不能原谅的人，怎么能心如止水？"高僧拂袖而去。

　　过了一会儿，高僧又问她："还生气吗？"

　　"不生气了。"妇人说。

　　"为什么？"

　　"生气也没有办法呀！"

　　"你的气并没有消，还压在心里，爆发后，将会更加剧烈。"高僧又离开了。

　　高僧第三次来到门前，妇人告诉他："我不生气了，因为不值得生气。"

　　"还知道不值得，可见心里还有衡量的标准，还是有'气根'。"高僧笑道。

　　当高僧的身影迎着夕阳立在门口时，妇人问他："大师，什么是气？"

　　高僧将手中的茶水倾洒到地上。

　　妇人看了一会儿，突然有所感悟，于是，她叩谢而去。

智慧感悟

人要获得某方面的成就，必须学会忍耐，从某种程度上说，忍耐是成就一项事业的必需，忍耐能让你在清净沉寂中体会生命的幸福。如果一点小事都不能容忍而发脾气，就只会坏事。只有下定决心耐住性子，才能做成事。只需忍耐，明天就一定会有阳光。一心忍耐，百炼钢也会化为绕指柔。

性格急躁、粗心大意的人，难以办成大事；性情温和、内心安详的人，必然万事顺利。不善于掌握自己情绪的人，必定要被命运所捉弄。

"气"，便是一种需要上的失落。生气就是用别人的过错来惩罚自己的一种蠢行。既然如此，又何必生气呢？

当我们容许别人来掌控自己的情绪时，本身就已经成了一个受害者，当对发生的现况无能为力的时候，抱怨与愤怒便成了唯一释放的选择。

莫生气，因为生气伤身又伤神。每个人都有自己的情绪，要学会控制，否则，有些过分的语言和行为会误事，更会伤人。稳定情绪，解脱自己，乃当务之急！

贝多芬曾说过："几只苍蝇咬几口，绝不能羁留一匹英勇的奔马。"每一位优秀人物的身旁总会萦绕着各种纷扰，对它们保持沉默要比寻根究底明智得多。

过程之中自有快乐

有位孤独者倚靠在一棵树上晒太阳，他衣衫褴褛，神情萎靡，不时有气无力地打着哈欠。

第十八章 快乐藏在我们心里

一位僧人由此经过，好奇地问道："年轻人，如此好的阳光，如此难得的季节，你不去做你该做的事，懒懒散散地晒太阳，岂不辜负了大好时光？"

"唉！"孤独者叹了一口气说，"在这个世界上，除了我自己的躯壳外，我一无所有。我又何必去费心费力地做什么事呢？每天晒晒我的躯壳，就是我要做的所有的事了。"

"你没有家？"

"没有。与其承担家庭的负累，不如干脆没有。"孤独者说。

"你没有你的所爱？"

"没有，与其爱过之后便是恨，不如干脆不去爱。"

"你没有朋友？"

"没有。与其得到还会失去，不如干脆没有朋友。"

"你不想去赚钱？"

"不想。千金得来还复去，何必劳心费神动躯体？"

"噢。"僧人若有所思，"看来我得赶快帮你找根绳子。"

"找绳子干吗？"孤独者好奇地问。

"帮你自缢。"

"自缢？你叫我死？"孤独者惊诧道。

"对。人有生就有死，与其生了还会死去，不如干脆就不出生。你的存在，本身就是多余的，自缢而死，不是正合你的逻辑吗？"

孤独者无言以对。

智慧感悟

生是头，死是尾，中间的是过程，也被称为人生。人生的过程，赤条条来，赤条条去。从胎儿、婴儿、孩童、少年、青年、中年，到老年。这个过程诠释着生命的真谛，包含了人活着的酸甜苦辣，凸显着人生得意的光芒和失意的暗淡。

兰生幽谷，不为无人佩戴而不芬芳；月挂中天，不因暂满还缺而不自圆；桃李灼灼，不因秋节将至而不开花；江水奔腾，不以一去不返而拒东流。更何况是人呢？

有目标的人是活得有意义的人，能看懂人生本身这一过程并把握住过程的人是活得充实而真实的人。"没白活一辈子"，应该是目的和过程两方面都有质量。许多人活了一辈子，到头来，还没有得到人生过程的乐趣，没有享受人生，这是一种生命自觉与自省的缺乏。沉浮动静皆人生，体悟每种境遇，不以物喜，不以己悲，得失沉浮皆是人生所获的赐予。

沉浮动静皆人生。如果我们总用一种效益坐标来判别人生的状况，前进为正，后退为负；上升为优，下沉为劣，那么，我们就永远不能读懂人生。

第十九章

没有人幸福，除非他相信自己是幸福的

> 幸福是什么？其实很简单。一杯淡水、一杯清茶，可以品出幸福的滋味；一朵鲜花、一片绿叶，可以带来幸福的气息；一间陋室、一卷书册，可以领略幸福的风景。幸福不仅仅在于物质的丰裕，更在于精神的满足与心灵的充实。
>
> 幸福是一种感受，一种意识，是柔风拂面的惬意，是玫瑰盛开的芳香，是远处掠过湖面传来的小夜曲。体验幸福，要有一颗纯正的心灵，要有懂得欣赏自然、甘于淡泊的智慧，要有宠辱不惊、纵横天地的气度。

幸福有标准吗

赫拉克利特是一位富有传奇色彩的哲学家。他出生在伊奥尼亚地区的爱菲斯城邦的王族家庭里。他本来应该继承王位，但是他觉得自己不适合做皇帝，并且自己也不喜欢做皇帝的感觉，于是便将王位让给了他的兄弟。自己跑到女神阿尔迪美斯庙附近隐居起来，研究他心爱的自然和哲学。

据说，当时显赫于世的波斯国王大流士曾经写信邀请赫拉克利特去波斯宫廷教导希腊文化，被他傲慢地拒绝了。他说："世人都活着，但是对真理与正义是陌生的。由于可恶的愚昧，他们保持着无节制的和虚妄的意见。而我，由于已遗忘了一切罪恶，遗弃了跟随我的无度的嫉妒和身居高位的傲慢，我将不去波斯。我将满足我的卑微并保持我的一贯的意志。"

他整天和小孩玩骰子。他对围观的人说："你们这般无赖，有什么值得大惊小怪的！难道这不比你们参加的政治活动更好吗？"

同时，赫拉克利特显然是一个有严重精神洁癖的人。他虽然鄙弃贵族的地位和生活，骨子里却是一个贵族主义者。不过，他心目中的贵族完全是精神意义上的。在他看来，区分人的高贵和卑贱的唯一界限是精神，是精神上的优秀或平庸。他明确宣布，一个优秀的人抵得上一万人。他还明确宣布，多数人是坏的，只有极少数人是好的。他所说的优劣好坏仅指灵魂，与身份无关。"最美丽的猴子与人相比也是丑陋的。"这句话的意思是："那些没有灵魂的家伙，不管在社会上多么风光，仍是一副丑相。"赫拉克利特希望从精神的崇高中获得幸福。

这样看来，赫拉克利特是符合亚里士多德幸福标准的人，他放弃了自己不喜欢的王位，避免了不必要的灾祸；同时又专注于精神的研

第十九章　没有人幸福，除非他相信自己是幸福的

究，积极地活动希望从中获得幸福。在上述两项标准之下，到底什么活动是人所特有的，借着其积极性，可以使人免于灾祸、获得幸福？亚里士多德认为那就是理性活动。所谓理性或明智，就是亚里士多德智慧之学的工具，借由理性，不但可看出人类所应实现的自我本质，更可察觉祸福之所系。

智慧感悟

古代希腊人对人生的理解，主要采取幸福论的看法。事实上，追求幸福在任何时代都是每一个人所盼望的，但是当我们在讨论什么是幸福的时候，必须考虑两种现象。首先，不同的人会以不同的东西为幸福，有些人追求金钱、权力、地位，但也有些人追求荣誉、友谊、爱情。其次，就算是同一个人，在不同的时空或情况下也会对幸福的看法产生差异。譬如，你今天生病了，就会认为拥有健康是最幸福的事，但病好了之后，恐怕会忘了健康是最幸福的，反而认为其他东西最重要。由此看来，当我们讨论人生的目的的时候，不能只模糊回答说"追求幸福"，还要进一步去讨论：什么是幸福？

古希腊哲学家亚里士多德为幸福定出了两项标准：积极地活动与免于灾祸。所谓积极地活动，是指在追求幸福的道路上，要积极地努力实践自身的本质，将潜能充分发挥，达到最高的实现。所谓免于灾祸，就是在躲避灾祸的同时不要接受自己不喜欢的东西，浪费自己的时间和精力，还影响心情，带来痛苦。

人要如何积极地活动呢？亚里士多德先将人与动物的活动加以区别，在人的活动中，凡是与动物相同的活动，都与人的幸福无关，因此，凡属于生长、繁殖或感觉的活动，都与人的幸福无关，都是不会带来幸福的活动，只有人所特有的活动才有带来幸福的可能。幸福必须要免于灾祸，否则只要带来任何痛苦，都不配称为幸福。

美就在你身边

在新儒家当中，一代宗师徐复观是一个具有传奇色彩的人物。抗战时，他曾经进入蒋中正侍从室，又当过蒋介石的随从秘书，后有过陆军少将军衔。

国民党溃败的 1949 年，47 岁的徐复观来到台湾后，便弃官从文。

徐复观是如何从荣华富贵的政府高官急流勇退为一介书生的？这种在一般人看来不可思议的转变，既有他对当时现实政治的失望，也有自己政治理想的破灭；而这种转变的关键，就在于他结识并师从了新儒家的开山祖师熊十力，从熊十力那里获得了新的启迪和新的希望，找到了自己生命的方向和归宿。

当年他以军人的身份初次拜见熊十力时，曾请教熊十力应该读什么书。熊十力教他读王夫之的《读通鉴论》。徐复观说那书早年已经读过了。熊十力以不高兴的语气说："你并没有读懂，应该再读。"

过了些时候，徐复观再去看熊十力，说《读通鉴论》已经读完了。熊十力问："有什么心得？"于是徐复观便接二连三地说出许多他不太满意的地方。熊十力未听完便怨声斥骂道："你这个东西，怎么会读得进书！任何书的内容，都是有好的地方，也有坏的地方。你为什么不先看出它好的地方，却专门去挑坏的。这样读书，就是读了百部千部，你会受到书的什么益处？读书是要先看出它的好处，再批评它的坏处，这才像吃东西一样，经过消化而摄取了营养。比如《读通鉴论》，某一段该是多么有意义；又如某一段，理解是如何深刻。你记得吗？你懂得吗？你这样读书，真太没有出息！"

这一骂，无异于当头棒喝，骂得徐复观这个陆军少将目瞪口呆；但也无异于醍醐灌顶，原来这位先生骂人骂得这样凶，原来他读书读

第十九章　没有人幸福，除非他相信自己是幸福的

得这样熟，原来读书是要先读出每部书的意义！

正如徐复观后来回忆时所说，这对他是起死回生的一骂。恐怕对于一切聪明自负，但并没有走进学问之门的青年人、中年人、老年人，这都是起死回生的一骂！这次见面对其后半生的影响甚大，从此使他决心步入学术之门。

智慧感悟

以仁爱之心看世界，世界将充满爱。自己和世界，必定成为爱的一体。一个人看到他人的优点，自己也会变得优秀；承认自己是凡夫，不如别人，就已经超越了凡夫。反之，看别人总是看到缺点，好像显得自己怎么都比别人好，其实就是自大傲慢之心、浅薄之心，也是在印证自己心中的缺点；把别人的缺点毛病放到自己心中来，只能看见别人的不是，则只会增加自己负面的劣性，一点进步也得不到。愁苦的心，不快乐的心，是不可能感受到生活之美的。

幸福就是换一个角度

一天，小狗问妈妈说："妈妈，幸福在哪里？"

狗妈妈回答："幸福在你的尾巴上！"

于是，小狗为了寻找幸福就不停地追着尾巴跑。

可是怎么也找不到，小狗又跑去问妈妈："妈妈，你说幸福在我尾巴上，可是为什么我找不到呢？"

狗妈妈回答："幸福是不必刻意去追寻的，只要你不停往前走，幸福就会一直跟在你身后……"

幸福是小狗的尾巴，小狗追着自己的尾巴跑，却总是追不到。如

果小狗昂起头来往前走,幸福的小尾巴将会牢牢地跟着小狗。

原来幸福是如此简单,为什么我们还要在原地徘徊呢?为什么还要躲在自己的世界里回忆那些已经远去了的人呢?拍拍手,我们要大胆地向前走,这样才会有一路的幸福。

乐观主义者和悲观主义的区别在于,当你把杯子打翻只剩下半杯水的时候,后者会为失去的半杯水懊恼不已,而前者会为剩下的半杯水而欢欣愉悦。现实生活中的很多事情都如那半杯的水,从不同的角度看有不同的感受,而换个角度则往往能豁然开朗,收到意想不到的结果。《笑林广记》中有一则古代笑话。

两个秀才一同去赴试,刚上路就遇到出殡的队伍,黑漆漆的棺材擦身而过。

其中一个秀才大感晦气,顿生愁绪,闷闷不乐,结果没有考好,名落孙山。

另一个秀才却暗自高兴,觉得是个好兆头——棺材棺材,有官有财。考试的时候,这个秀才精神爽快,文思泉涌,果然金榜题名。

回来后,两个秀才都说自己的预感很灵验。前一个说:"一碰上那秽物就知道不好了。"后一个则说:"果然是有官有财了。"

智慧感悟

同样一件事情,不同的心态结论就不一样。其实,大多数凡人的生活都差不多,但各自的感受却不一样。有的人乐观,整日里喜笑颜开,心满意足;有的人悲观,成天愁眉苦脸,怨声载道。很多时候,悲观与乐观只是观察生活的角度不同,转换一下角度,会活得更轻松一些。

第十九章　没有人幸福，除非他相信自己是幸福的

行动远大于思想

俄国作家冈察洛夫曾塑造过一个奥勃洛摩夫的形象：他"胸怀大志"，也颇有才气，常常"突然产生一个思想，像大海里的波涛似的在他头脑中起伏奔腾。随后发展成为一种企图，使他的血液沸腾，筋肉蠕动，血脉贲张。于是，企图又变成志向。他受到精神力量的激动，一分钟内迅速地改变了两三次姿势……"可是，从早上到黄昏，他只是躺在床上，整整一天什么事情也没做。这就是俄罗斯文学画廊中著名的"多余的人"的形象。

这样的人，当然不可能成为真正的成功者。"只要想做，就立刻去做"，是成功者共同的行为准则。

宋代有一位著名的大慧禅师，门下有位弟子道谦，参禅多年，却始终无法开悟。

一天晚上，道谦诚恳地向师兄宗元诉说自己不能悟道的苦恼，并且请求宗元帮忙。

宗元说："我能帮你的，当然乐意之至，不过有3件事我无能为力，你必须自己去做！"

道谦连忙问："是哪3件？"

宗元说："当你肚饿口渴时，我的饮食不能填饱你的肚子，我不能帮你吃喝，你必须自己饮食；当你想大小便时，你必须亲自解决，我一点也帮不上忙；最后，也是最重要的一点是，除了你自己之外，谁也不能驮着你的身子在路上走。"

道谦大悟，因为他感到了自我的力量，也决定善用自己的力量。

智慧感悟

生活中，很多事情如果不是自己想追求、自己想得到，根本不能激发任何动力，以意兴阑珊的态度去面对，别想成功会从天上掉下来。

别只是羡慕别人外在的光鲜亮丽，却忽略了他们背后努力打下的根基。想要获得成功，就得动手去学，动手去做。有开始，才有后来，这是不变的道理。

幸福，就在你转身后光临

从前，有一个公主总觉得自己不幸福，就向别人请教如何能够让自己变得幸福。别人告诉她找到一个感觉幸福的人，然后将他的衬衫带回来。公主听后派自己的手下四处寻找自认为幸福的人。手下碰到人就问："你幸福吗？"回答总是："不幸福，我没钱；不幸福，我没亲人；不幸福，我得不到爱情……"就在他们不再抱任何希望时，从对面被阳光照着的山冈上，传来了悠扬的歌声，歌声中充满了快乐。他们随着歌声走了过去，只见一个人躺在山坡上，沐浴在金色的暖阳下。

"你感到幸福吗？"公主的手下问。

"是的，我感到很幸福。"那个人回答说。

"你的所有愿望都能实现，你从不为明天发愁吗？"

"是的。你看，阳光温暖极了，风儿和煦极了，我肚子又不饿，口又不渴，天是这么蓝，地是这么阔，我躺在这里，除了你们，没有人来打搅我，我有什么不幸福的呢？"

"你真是个幸福的人。请将你的衬衫送给我们的国王，公主会重赏你的。"

"衬衫是什么东西？我从来没见过。"

智慧感悟

什么是幸福？法国小说家方登纳在《幸福论》中所阐述的定义是："幸福是人们希望永久不变的一种境界。"也就是说，如果我们的肉体与精神所处的一种境界，能使我们想，"我愿一切都如此永存下去"，或浮士德对"瞬间"所说的，"哟！留着吧，你，你是如此美妙"，那么我们无疑是幸福的。

在生活中，每个女人对幸福的诠释各有不同。许多时候，她们往往对自己的幸福熟视无睹，却觉得别人的幸福很耀眼。

然而，尽管她们没有感觉到自己的幸福，但幸福是实实在在地存在着，有时候真实的幸福恰恰不是先求而后得，而是在困境之中与之邂逅的。一个女人一直抱怨没有鞋穿，见到没有脚的人之后，她因自己的健全而体味到了幸福。

一个失恋者被痛苦折磨得死去活来，她恨命运不济，让自己变为孤独而又畸形的人，但当她见到一个失去双臂的人用脚写字、缝衣服的时候，突然觉悟到丢失一位心上人比起丢失双臂来实在微不足道，虽失掉了心灵搅系，终究还能重新振作起精神，饱尝青春之甘美、沐浴生命之恩泽。她从振作精神中体味到了幸福。

女人最难能可贵的是明白自己追求的是什么，付出的是什么，从而正确地做出自己的选择，快乐地享受自己的幸福。

幸福是一种心态，一种自我感受，就像上面故事中的那个躺在山坡上的人，他连衬衫都没见过，可以说在物质上他很贫困，可是他依然感到很幸福。

在现实生活中，有钱人物质生活优越这是不争的事实，但是有钱人不一定有幸福，更重要的是就算有幸福存在他也未必感受得到。放弃自己的追求，跟随别人的足迹，就会偏离自己人生的轨道。我们可以追求金钱，但是幸福生活的标准本身并不是由那些富人们定出的。钱本身并没有错，错的是我们的态度。也许我们终生都不能够大富大贵，但这并不意味着我们在自己平凡普通的生活中找不到幸福，找不到健康的身体、充满活力的心、相亲相爱的家人和志同道合的朋友。

假如生活欺骗了你

有位哲学家，多种不幸都曾降临到他的头上，可谓饱经风霜：年轻时由于战乱几乎失去了所有的亲人，一条腿也丢在空袭中；妻子也离他而去；和他相依为命的儿子又丧生于车祸。

然而在人们的印象之中，哲学家总是矍铄爽朗而又随和。一天，有个为生活而苦恼的青年忍不住提出了心中的疑问："你经受了那么多苦难和不幸，可是为什么看不出你有伤怀呢？"

哲学家沉默片刻，然后将一片树叶举到眼前："你瞧，它像什么？"

这是一片黄中透绿的叶子，因为这时候正是深秋。

"它是一片叶子啊，有什么不对吗？"

"你能说它不像一颗心吗？或者说就是一颗心？"

青年仔细看后发现，确实是十分像心脏的形状。

"再看看它上面都有些什么。"

哲学家将树叶更近距离地向青年凑近。青年清楚地看到，那上面有许多大小不等的孔洞，就像天空里的星月一样。

哲学家将树叶放到手掌中，平静地说："它在春风中绽出，阳光中长大。从冰雪消融到寒冷的秋末，它走过了自己的一生。这期间，它经受了虫咬石击，以致千疮百孔，可是它并没有凋零。它之所以享尽天年，完全是因为对阳光、泥土、雨露充满了热爱，对自己的生命充满了热爱，相比之下，那些打击又算得了什么呢？"

青年若有所悟。

第十九章　没有人幸福，除非他相信自己是幸福的

智慧感悟

从古至今，苦难与人类如影相随。历史长河中，有屈原行吟泽畔的忧愁，李贺长天一叹的心酸，太白拔剑回顾的茫然……但人们若沉湎于过去的苦难，对未来的人生便是一种难以超越的折磨。

面对苦难、厄运，我们需要乐观、豁达，生命的意义不在于历尽苦难痛不欲生，而是要你尝遍人间的百味，并甘愿因此同苦难作战。

假如生活欺骗了你，请不要哭泣、咒骂。生命的严冬去后，雁，依然飞回；花，依然盛开；叶，依然苍翠。